# 82년생
# 김지영

KB195067

©강건머

## 오늘의 젊은작가 13

# 조남주

1978년 서울에서 태어났다.
이화여대 사회학과를 졸업하고 「PD
수첩」, 「불만제로」, 「생방송 오늘아
침」등 시사교양 프로그램 작가로 10
년 동안 일했다.
2011년 장편소설 『귀를 기울이면』
으로 문학동네소설상을, 2016년 장
편소설 『고마네치를 위하여』로 황산
벌청년문학상을 수상했다.

# 차례

# 2015년 가을

김지영 씨는 우리 나이로 서른네 살이다. 3년 전 결혼해 지난해에 딸을 낳았다. 세 살 많은 남편 정대현 씨, 딸 정지원 양과 서울 변두리의 한 대단지 아파트 24평형에 전세로 거주한다. 정대현 씨는 IT 계열의 중견 기업에 다니고, 김지영 씨는 작은 홍보대행사에 다니다 출산과 동시에 퇴사했다. 정대현 씨는 밤 12시가 다 되어 퇴근하고, 주말에도 하루 정도는 출근한다. 시댁은 부산이고, 친정 부모님은 식당을 운영하시기 때문에 김지영 씨가 딸의 육아를 전담한다. 정지원 양은 돌이 막 지난 여름부터 단지 내 1층 가정형 어린이집에 오전 시간 동안 다닌다.

김지영 씨의 이상 증세가 처음 감지된 날은 9월 8일이었다. 정대현 씨가 정확하게 날짜를 기억하는 이유는 그날이 백로였기 때문이다. 정대현 씨가 아침 식사로 토스트와 우유를 먹고 있는데 김지영 씨가 갑자기 베란다로 나가더니 창을 열었다. 햇살은 충분히 눈부셨지만 창을 열자마자 식탁까지 찬 기운이 전해 왔다. 김지영 씨가 어깨를 움츠린 채 식탁으로 돌아와 앉으며 말했다.

"요 며칠 아침 바람이 쎄하다 싶더니 오늘이 백로였네. 누우런 논에 하아얗게 이슬이 맺혔겠네."

정대현 씨는 아내의 말투가 왠지 젊은 사람 같지 않아 웃었다.

"당신 뭐야. 꼭 장모님 같아."

"이제 홑잠바 하나씩 들고 다녀, 정 서바앙. 아침저녁으로 쌀쌀해."

그때도 정대현 씨는 아내가 장난을 친다고 생각했다. 부탁이나 당부를 하실 때면 오른쪽 눈을 조금 찡그리는 것도, 자신을 부를 때 정 서바앙, 하고 방 자를 길게 늘이는 것도 정말 비슷했다. 최근 육아로 지쳤는지 허공을 보며 정신을 놓거나 음악을 들으며 눈물을 뚝뚝 떨어뜨리기도 했지만, 김지영 씨는 원래 밝고, 웃음이 많고, TV 개그 프로그램을 보면 곧잘 따라 해 정대현 씨를 웃기곤 했다. 정대현 씨는 대수롭지 않게 생각하며 아내를 한 번 안아 주고 출근했다.

그날 밤 정대현 씨가 퇴근했을 때, 김지영 씨는 딸과 나란히 누워 자고 있었다. 두 사람 모두 엄지를 빨고 있었다. 정대현 씨는 그 모습이 귀엽기도 하고 어이없기도 해서 한참을 바라보다 아내의 팔을 당겨 입에서 손가락을 빼냈다. 김지영 씨는 아기처럼 혀를 살짝 내밀고 몇 번 입맛을 쩝쩝 다시다가 잠들었다.

며칠 후 김지영 씨는 자신이 작년에 죽은 동아리 선배 차승연이라고 말했다. 차승연 씨는 정대현 씨의 동기고 김지영 씨에게는 3년 선배다. 같은 대학 같은 등산 동아리 선후배인 부부는 사실 대학 시절에는 한 번도 얼굴을 본 적이 없다. 학부 이후에도 계속 공부하려 했던 정대현 씨는 집안에 사정이 생겨 계획을 접어야 했다. 3학년을 마친 후 뒤늦게 입대했고, 제대한 후에는 1년가량 휴학하고 부산 집에 내려가 살며 아르바이트를 했다. 그동안 김지영 씨가 입학해 동아리 활동을 한 것이다.

차승연 씨가 원래 여자 후배들을 잘 챙긴 데다 김지영 씨와 차승연 씨 모두 등산을 좋아하지 않는다는 공통점 때문에 친해져 차승연 씨가 졸업한 뒤에도 두 사람은 자주 연락하고 만났다. 정대현 씨와 김지영 씨가 처음 마주친 것도 바로 차승연 씨의 결혼식 피로연장이었다. 차승연 씨는 둘째 아이를 출산하다 양수색전증으로 사망했는데, 안 그래도 당시 산후우울증을 겪던 김지영 씨는 일상생활이 불가능할 정도로 힘들어했다.

지원이를 재워 놓고 오랜만에 부부가 마주앉아 맥주를 마셨다. 한 캔을 거의 비웠을 즈음 김지영 씨가 갑자기 남편의 어깨를 툭툭 치며 말했다.

"대현아, 요즘 지영이 많이 힘들 거야. 저 때가 몸은 조금씩 편해지는데 마음이 많이 조급해지는 때거든. 잘한다, 고생한다, 고맙다, 자주 말해 줘."

"이건 또 무슨 유체 이탈 화법이야? 아이고 그래, 잘하고 있다, 김지영. 고생한다, 고맙다, 사랑한다."

정대현 씨는 귀엽다는 듯 김지영 씨의 볼을 살짝 잡았는데, 김지영 씨가 정색하며 손을 탁 쳐 냈다.

"너, 아직도 내가 한여름에 덜덜 떨면서 고백하던 스무 살 차승연으로 보이는 거야?"

정대현 씨는 잠깐 얼어붙었다. 그러니까 거의 20년 전 일이다. 한여름 한낮이었고, 햇볕이 무척 뜨거웠고, 손바닥만 한 그늘도 없는 운동장 한가운데였다. 어쩌다 거기에 갔는지는 기억나지 않는데, 아무튼 우연히 마주친 차승연 씨가 갑자기 좋아한다고 말했다. 좋다고, 좋아한다고, 땀을 뻘뻘 흘리면서, 입술을 바들바들 떨면서, 말도 더듬으면서. 정대현 씨가 난감한 표정을 짓자 차승연 씨는 곧바로 마음을 접었다.

"아, 너는 아니구나. 알겠어. 오늘 얘긴 못 들은 걸로 해. 오늘 일은 없었던 거야. 난 예전이랑 똑같이 너 대할게."

그러고는 또박또박 운동장을 가로질러 사라졌다. 이후로 차승연 씨는 정말 아무런 일도 없었던 것처럼 너무나 태연하게 정대현 씨를 대했고, 정대현 씨는 자신이 더위를 먹어 헛것을 봤던 게 아닐까 생각했다. 까맣게 잊고 살았다. 그런데 그 일을 아내가 말하고 있다. 무려 20년 전, 두 사람만 아는 어느 볕 좋은 오후의 이야기를.

"지영아."

더 이상 아무 말도 나오지 않았다. 정대현 씨는 아내의 이름을 세 번쯤 더 불렀던 것 같다.

"그래, 너 좋은 남편인 거 다 아니까 지영이 이름 좀 그만 불러라. 에휴, 짜식."

술에 취했을 때 차승연 씨의 말버릇이었다. 에휴, 짜식. 정대현 씨는 머리카락이 다 삐쭉 서는 것처럼 두피가 찌릿찌릿했다. 정대현 씨는 애써 태연한 척 장난치지 말란 말만 반복했고, 김지영 씨는 다 마신 캔을 그대로 식탁에 두고 양치도 안 한 채 방에 들어가 딸아이 옆에 누웠다. 김지영 씨는 바로 곯아떨어졌고, 정대현 씨는 냉장고에서 캔 맥주를 하나 더 꺼내 단번에 들이켰다. 장난일까. 취한 걸까. TV에서나 나오는 빙의라든가, 뭐 그런 걸까.

다음 날 아침, 관자놀이를 꾹꾹 누르며 일어난 김지영 씨는 전날 밤 일을 전혀 기억하지 못하는 눈치였다. 정대현 씨는 취했더랬나 보다 안심하면서도 어떻게 그런 끔찍한 주사가 있을까 새삼 몸서리를 쳤다. 사실 취해서 필름이 끊긴 거라고는 믿어지지 않았다. 고작 맥주 한 캔이었다.

그 이후로도 이상한 징후들은 조금씩 있었다. 평소에는 쓰지도 않는 귀여운 이모티콘을 잔뜩 섞어 메시지를 보내기도 했고, 분명 김지영 씨의 솜씨도 취향도 아닌 사골국이나 잡채 같은 음식을 만들기도 했다. 정대현 씨는 자꾸만 아내가 낯설어졌다. 아내가, 2년을 열렬히 연애하고 또 3년을 같이 산, 빗방울처럼 많은 이야기를 나누고, 눈송이처럼 서로를 쓰다듬었던,

자신들을 반씩 닮은 예쁜 딸을 낳은 아내가, 아무래도 아내 같지가 않았다.

추석이 되어 시댁에 갔을 때 일이 터졌다. 정대현 씨가 금요일에 휴가를 냈고, 세 식구는 아침 7시에 집에서 출발해 다섯 시간 만에 부산에 도착했다. 도착하자마자 정대현 씨의 부모님과 점심을 먹은 후, 오랜 운전으로 지친 정대현 씨는 낮잠을 잤다. 전에는 장거리 운전을 할 때면 정대현 씨와 김지영 씨가 번갈아 운전대를 잡았는데, 딸이 태어난 후로는 정대현 씨가 운전을 전담한다. 아기는 카시트가 답답한지 차만 타면 울고 보채고 짜증을 냈고, 적당히 놀아 주고 간식을 먹어 가면서 어르고 달래는 데에 김지영 씨가 더 능숙했기 때문이다.

김지영 씨는 점심 설거지를 해 놓고 커피를 한잔하며 잠깐 쉬다가 시어머니와 함께 추석 음식 재료들을 사러 시장에 다녀왔다. 저녁부터는 사골을 우리고, 갈비를 재고, 나물 재료를 손질해 데쳐 일부는 무치고 일부는 냉동실에 넣어 두고, 전과 튀김을 만들 채소와 해산물들을 씻어 정리해 두고, 저녁밥을 차리고 먹고 치웠다.

다음 날, 김지영 씨와 정대현 씨의 어머니는 아침부터 저녁까지 전을 부치고, 튀김을 튀기고, 갈비를 찌고, 송편을 빚고, 중간중간 밥을 차렸다. 가족들은 막 만들어진 명절 음식들을 먹으며 즐거운 시간을 보냈다. 정지원 양도 낯을 가리지 않고 할아버지, 할머니께 넙죽넙죽 안겨 애교를 부려 사랑을 듬뿍 받았다.

그다음 날이 추석이었다. 서울에 사는 정대현 씨의 사촌 형이 차례를 지내기 때문에 정대현 씨 집은 명절 당일에도 별로 번잡하지 않다. 온 가족이 늦잠을 잤고, 전날 만들어 놓은 음식으로 간단하게 아침을 먹고 설거지를 마치자 정대현 씨의 여동생, 정수현 씨의 가족들이 왔다. 정대현 씨보다 두 살 어리고 김지영 씨보다 한 살 많은 정수현 씨는 남편, 두 아들과 부산에 살고 있고 시댁도 부산이다. 시댁이 큰집이라 명절마다 차례 음식 준비하고 손님들을 치르느라 스트레스가 많다. 정수현 씨는 친정에 오자마자 뻗어 버렸고, 김지영 씨와 정대현 씨의 어머니는 푹 고아 놓은 사골국물로 토란국을 끓이고, 새 밥을 짓고, 생선을 굽고, 나물을 무쳐 점심상을 차렸다.

점심상을 치우자 정수현 씨는 지원이에게 주려고 샀다며 색색깔의 원피스와 튀튀, 머리핀, 레이스 양말들을 잔뜩 꺼냈다. 정수현 씨는 지원이에게 머리핀을 꽂아 주고 양말을 신기며, 나도 딸이 있으면 좋겠어, 역시 딸이 최고야, 하면서 조카가 예뻐 어쩔 줄 몰랐다. 그러는 동안 김지영 씨가 사과와 배를 깎았는데 모두들 배부르다며 거의 손대지 않았다. 송편을 내오자 정수현 씨만 하나 입에 물고 오물거렸다.

"엄마, 송편 집에서 한 거야?"

"그럼, 했지."

"아이참. 음식 하지 말라니까. 아까도 말하려다 말았는데 앞으로는 사골도 끓이지 말고, 전도 시장에서 조금만 사고, 송편도 그냥 떡집에서 사. 차례도 안 지내는 집에서 뭐하러 음식을 이렇게 많이 해? 엄마도 다 늙어 고생이고, 지영이도 고생이고."

순간 어머니의 얼굴에 서운한 기색이 스쳤다.

"자기 가족 먹이려고 음식 하는 게 뭐가 고생이야? 명절이 이렇게 다 같이 모여서 음식 만들고, 먹고, 그러는 재미지."

그리고 어머니는 갑자기 김지영 씨에게 물었다.

"얘, 너 힘들었니?"

순간 김지영 씨의 두 볼에 사르르 홍조가 돌더니 표정이 부드러워지고 눈빛은 따뜻해졌다. 정대현 씨는 불안했다. 하지만 화제를 돌리거나 아내를 끌어낼 틈도 없이 김지영 씨가 대답했다.

"아이고 사부인, 사실 우리 지영이 명절마다 몸살이에요."

잠시 아무도 숨을 쉬지 않았다. 거대한 빙하 위에 온 가족이 앉아 있는 것 같았다. 정수현 씨가 길게 한숨을 쉬었는데 찬 입김이 나와 하얗게 흩어졌다.

"지, 지원이 기저귀 갈아야 하지 않나?"

정대현 씨가 급히 아내의 손을 잡아 끌었지만 김지영 씨는 그 손을 찰싹 쳐 떼 냈다.

"정 서바앙! 자네도 그래. 매번 명절 연휴 내내 부산에만 있다가 처가에는 엉덩이 한 번 붙였다 그냥 가고. 이번에는 좀 일찍 와."

그러고는 또 오른눈을 찡긋했다. 그때 소파에서 동생과 장난치고 있던 정수현 씨의 여섯 살 난 큰아들이 떨어지며 울음을 터뜨렸는데, 아무도 달래지 못했다. 입을 떡 벌리고 정신을 못 차리는 어른들을 한번 둘러보며 아이는 금세 눈치껏 눈물을 멈췄고, 정대현 씨의 아버지가 호통을 쳤다.

"지원 에미, 지금 이게 무슨 짓이냐? 어른들 앞에서 뭐하는 짓이야? 대현이랑 수현이랑 우리 가족 다 같이 얼굴 보는 게 1년에 몇 번이나 된다고. 명절에 가족들하고 시간 보내는 게 그렇게 불만이냐? 그랬어?"

"아버지, 그런 거 아니에요."

정대현 씨가 일단 나섰지만, 정대현 씨도 뭐라고 설명을 해야 할지 알 수 없었다. 그때 김지영 씨가 정대현 씨를 밀어내며 차분히 말했다.

"사돈어른, 외람되지만 제가 한 말씀 올릴게요. 그 집만 가족인가요? 저희도 가족이에요. 저희 집 삼 남매도 명절 아니면 다 같이 얼굴 볼 시간 없어요. 요즘 젊은 애들 사는 게 다 그렇죠. 그 댁 따님이 집에 오면, 저희 딸은 저희 집으로 보내 주셔야죠."

결국 정대현 씨가 아내의 입을 틀어막아 끌고 나갔다.

"얘가 아파요, 아버지. 엄마, 아버지, 수현아, 진짜야. 얘가 요즘 좀 아파. 내가 나중에 자세히 설명할게."

세 식구는 옷도 안 갈아입고 그대로 차에 올랐다. 정대현 씨가 핸들에 얼굴을 묻고 괴로워하는 동안 김지영 씨는 아무렇지도 않은 얼굴로 딸에게 노래를 불러 주었다. 정대현 씨의 부모님은 배웅도 않으셨고, 정수현 씨가 오빠네 짐을 챙겨 트렁크에 넣어 주며 당부했다.

"지영이 말이 맞아, 오빠. 우리가 너무 무심했어. 괜히 싸우지 말고, 화내지 말고, 무조건 고맙다고 미안하다고 그래. 알았지?"

"간다. 아버지한테 얘기 좀 잘 해 줘."

정대현 씨는 화가 나지 않았다. 막막했고, 착잡했고, 두려웠다.


먼저 정대현 씨 혼자 정신과에 찾아가 아내의 상태를 말하고 치료 방법을 상의했다. 스스로 증상을 자각하지 못하는 김지영 씨에게는 일단 잠을 잘 못 자고 힘들어 보여 상담을 권하는 거라고 말했다. 김지영 씨는 안 그래도 요즘 기분이 가라앉고 매사에 의욕이 없어 육아우울증인가 싶었다며 고마워했다.

# 1982년~1994년

김지영 씨는 1982년 4월 1일, 서울의 한 산부인과 병원에서 키 50센티미터, 몸무게 2.9킬로그램으로 태어났다. 김지영 씨 출생 당시 아버지는 공무원이었고, 어머니는 주부였다. 위로 두 살 많은 언니가 있고, 5년 후 남동생이 태어났다. 방 두 개에 마루 겸 부엌 하나, 화장실 하나인 열 평 남짓 단독주택에서 할머니와 부모님, 삼 남매, 이렇게 여섯 식구가 살았다.

김지영 씨에게 남은 가장 오래된 기억은 남동생의 분유 가루를 먹던 장면이다. 동생과 다섯 살 터울이니까 예닐곱 살 즈음의 일일 것이다. 별것도 아닌 그게 그렇게 맛있어서 엄마가 동생 분유를 탈 때면 옆에 붙어 바닥에 떨어진 가루들을 침 묻힌 손가락으로 찍어 먹었다. 가끔 엄마는 김지영 씨의 고개를 뒤로 젖히고 입을 크게 벌리게 한 다음, 혓바닥 위로 진하고 달고 고소한 가루를 한 숟갈 부어 넣어 주곤 했다. 가루들은 침과 섞이며 녹아들어 끈적해지다가 캐러멜같이 말랑한 덩어리가 되었다가 스르르 목으로 넘어가 사라졌고, 입안에는 마르는 것도 아니고 떫은 것도 아닌 묘한 감촉만 남았다.

함께 살던 할머니 고순분 여사는 김지영 씨가 남동생 분유를 먹는 것을 끔찍하게 싫어했다. 분유를 얻어먹다 할머니께 들키기라도 하면 김지영 씨는 입과 코로 가루가 다 튀어나오도록 등짝을 맞았다. 김지영 씨보다 두 살 많은 언니 김은영 씨는 한 번 할머니에게 혼난 이후로 절대 분유를 먹지 않았다.

"언니는 분유 맛없어?"

"맛있어."

"근데 왜 안 먹어?"

"치사해서."

"응?"

"치사해서 안 먹어. 절대 안 먹어."

김지영 씨는 치사하다는 단어의 뜻을 정확히 몰랐지만 언니의 기분은 알 수 있었다. 할머니가 혼내는 게 단순히 김지영 씨가 더 이상 분유 먹을 나이가 아니라거나 동생 먹을 게 부족해진다거나 하는 이유만은 아니었기 때문이다. 할머니의 억양과 눈빛, 고개의 각도와 어깨의 높이, 내쉬고 들이쉬는 숨까지 모두 어우러져 만들어 내는 메시지를 한 문장으로 말하기는 힘들지만 그래도 최대한 표현하자면, '감히' 귀한 내 손자 것에 욕심을 내? 하는 느낌이었다. 남동생과 남동생의 몫은 소중하고 귀해서 아무나 함부로 손대서는 안 되고, 김지영 씨는 그 '아무'보다도 못한 존재인 듯했다. 언니도 비슷한 기분이었을 것이다.

갓 지은 따뜻한 밥을 아버지, 동생, 할머니 순서로 퍼 담는 것이 당연했고, 모양이 온전한 두부와 만두와 동그랑땡이 동생 입에 들어가는 동안 언니와 김지영 씨가 부서진 조각들을 먹는 것이 당연했고, 젓가락이나 양말, 내복 상하의, 책가방과 신발주머니들 동생 것은 온전하게 짝이 맞는데 언니와 김지영 씨 것은 제각각인 것도 당연했다. 우산이 두 개면 동생이 하나를 쓰고 김지영 씨와 언니가 하나를 같이 썼고, 이불이 두 개면 동생이 하나를 덮고 김지영 씨와 언니가 하나를 같이 덮었고, 간식이 두 개면 동생이 한 개를 먹고 김지영 씨와 언니가 나머지 한 개를 나눠 먹었다. 사실 어린 김지영 씨는 동생이 특별 대우를 받는다거나 그래서 부럽다는 생각을 하지도 못했다. 원래 그랬으니까. 가끔 뭔가 억울하다는 느낌이 들 때도 있었지만 자신이 누나니까 양보하는 거고, 성별이 같은 언니와 물건을 공유하는 거라고 자발적으로 상황을 합리화하는 데에 익숙했다. 어머니는 터울이 져서 그런지 누나들이 샘도 없고, 동생을 잘 돌봐 준다고 항상 칭찬했는데, 자꾸 칭찬을 받으니까 정말 샘을 낼 수도 없었다.

김지영 씨의 아버지는 사 형제 중 셋째인데 첫째 형은 결혼도 하기 전에 교통사고로 죽었고, 둘째 형네 가족은 일찌감치 미국으로 이민 가 자리를 잡았다. 막내와는 유산 분배와 노모 부양 문제로 크게 싸우고 의절해 왕래를 안 하고 있다.

형제들이 태어나고 자라던 시절은 살아남기도 힘에 부치던 때였다. 전쟁으로, 병으로, 굶주림으로 노소를 가리지 않고 죽어 나가는 와중에 고순분 여사는 남의 농사를 지어 주고, 남의 장사를 팔아 주고, 남의 집 살림을 살아 주고, 또 본인 살림까지 알뜰살뜰 꾸려 가며 악착같이 사 형제를 건사했다. 얼굴이 하얗고 손이 고운 할아버지는 평생 흙 한 줌 쥐어 보지 않았다. 가족을 부양할 능력과 의지가 전혀 없는 사람이었다. 그래도 할머니는 할아버지를 원망하지 않았다. 계집질 안 하고, 마누라 때리지 않은 게 어디냐, 그 정도면 괜찮은 남편이었다고 진심으로 생각했다. 그렇게 키워 낸 아들들 중 결국 자식 노릇을 하는 건 김지영 씨의 아버지뿐이었는데, 할머니는 자신의 허망하고 비참한 처지를 이해할 수 없는 논리로 위안했다.

"그래도 내가 아들을 넷이나 낳아서 이렇게 아들이 지어 준 뜨신 밥 먹고, 아들이 봐 준 뜨끈한 아랫목에서 자는 거다. 아들이 못해도 넷은 있어야 되는 법이야."

뜨신 밥을 짓고, 뜨끈한 아랫목에 요를 펴는 사람은 할머니의 아들이 아니라 며느리이자 김지영 씨의 어머니인 오미숙 씨였지만 할머니는 늘 그렇게 말했다. 살아온 역경에 비해 마음이 여유롭고 또래 시어머니들과는 달리 며느리를 아끼던 할머니는 진심으로 며느리를 생각해 입버릇처럼 말했다. 아들이 있어야 한다, 아들이 꼭 있어야 한다, 아들이 둘은 있어야 한다…….

김은영 씨가 태어났을 때, 어머니는 갓난아기를 품에 안은 채 어머님, 죄송해요, 하며 고개를 숙이고 눈물을 흘렸다. 할머니는 따뜻하게 며느리를 위로했다.

"괜찮다. 둘째는 아들 낳으면 되지."

김지영 씨가 태어났을 때, 어머니는 갓난아기를 품에 안은 채 아가, 미안하다, 하며 고개를 숙이고 눈물을 흘렸다. 할머니는 이번에도 따뜻하게 며느리를 위로했다.

"괜찮다. 셋째는 아들 낳으면 되지."

김지영 씨가 태어나고 1년이 채 되지 않아 세 번째 아기가 찾아왔다. 어느 밤, 어머니는 집채만 한 호랑이가 대문을 부수고 뛰어 들어와 치마 속으로 폭 안겨 오는 꿈을 꾸었고 아들임을 확신했다. 하지만 김은영 씨와 김지영 씨를 받아 준 산부인과의 할머니 의사는 복잡한 얼굴을 하고 몇 번이나 초음파 기계로 아랫배를 훑다가 조심스럽게 말했다.

"애기가, 참, 참, 예쁘네…… 언니들을 닮아서…….."

집으로 돌아온 어머니는 울다 울다 먹은 것을 다 토해 냈고, 할머니는 구역질하는 며느리에게 화장실 문 너머로 축하 인사를 건넸다.

"은영이 때도, 지영이 때도, 입덧이라고는 안 하더니 이번에는 웬 입덧이 이렇게 요란하다니? 쟤들하고는 다른 애가 들어섰는갑다."

어머니는 화장실에서 나오지도 못하고 한참을 더 울면서 토했다. 딸들이 모두 잠든 늦은 밤, 어머니는 뒤척이는 아버지에게 물었다.

"만약에, 만약에, 지금 배 속에 있는 애가 또 딸이라면, 은영 아빠는 어쩔 거야?"

무슨 그런 질문이 다 있냐고, 아들이든 딸이든 소중하게 낳아 키워야 한다고 말해 주길 기다렸지만 아버지는 대답이 없었다.

"응? 어쩔 거야, 은영 아빠?"

아버지는 벽을 향해 돌아누우며 대답했다.

"말이 씨가 된다. 재수 없는 소리 하지 말고 얼른 자."

어머니는 아랫입술을 깨물고 소리 없이, 베개가 흠뻑 젖도록, 밤새 울었다. 아침이 되자 입이 다물어지지 않아 침이 줄줄 흐를 정도로 입술이 퉁퉁 부었다.

정부에서 '가족계획'이라는 이름으로 산아제한 정책을 펼칠 때였다. 의학적 이유의 임신중절수술이 합법화된 게 이미 10년 전이었고, '딸'이라는 게 의학적인 이유라도 되는 것처럼 성 감별과 여아 낙태가 공공연했다.* 1980년대 내내 이런 분위기가 이어져 성비 불균형의 정점을 찍었던 1990년대 초, 셋째아 이상 출생 성비는 남아가 여아의 두 배를 넘었다.** 어머니는 혼자 병원에 가서 김지영 씨의 여동생을 '지웠다'. 아무것도 어머니의 선택이 아니었지만 모든 것은 어머니의 책임이었고, 온몸과 마음으로 앓고 있는 어머니 곁에는 위로해 줄 가족이 없었다. 맹수에게 새끼를 잃은 동물처럼 울부짖는 어머니의 손을 꼭 잡으며 의사는 미안하다고 말했다. 어머니가 미치지 않은 것은 오로지 할머니 의사의 그 한마디 덕분이었다.

몇 년이 지난 후에야 다시 아이가 생겼고, 남자인 아이는 무

---

* 박재현 외, 『확률 가족』(마티, 2015), 57~58쪽.
「여성 혐오의 뿌리는?」《시사인》 417호 참고.
** 「출산 순위별 출생 성비」 통계청.

사히 세상에 태어날 수 있었다. 그 아이가 김지영 씨보다 다섯 살 어린 남동생이다.

아버지가 공무원이었으니 직장이 불안정하거나 수입이 불규칙한 것은 아니었다. 하지만 말단 공무원의 월급이란 게 넉넉한 편이 아니라 여섯 식구 먹고살기에 무척 빠듯했다. 특히 삼 남매가 자라면서 방 두 칸짜리 집이 점점 비좁게 느껴졌고, 어머니는 좀 더 넓은 집으로 이사해 할머니와 방을 같이 쓰는 딸들에게 따로 방을 내주고 싶어 했다.

어머니는 아버지처럼 정해진 직장을 가지고 출퇴근하지는 않았지만, 아이 셋을 돌보고, 노모를 모시고, 집안 살림을 온전하게 맡아 책임지면서 동시에 돈을 벌 수 있는 일을 쉼 없이 찾아 했다. 형편이 고만고만하던 동네의 아이 엄마들이 대부분 그랬다. 당시 보험 아줌마, 야쿠르트 아줌마, 화장품 아줌마처럼 '아줌마'라는 이름이 따라붙는 주부 특화 직종들이 붐이었는데, 대부분 회사에 직접 고용되지 않는 형태라 일터에서 분쟁이 생기거나 다쳐도 혼자 끌어안고 해결한다고들 했다.＊ 세 아이를 양육해야 하는 김지영 씨의 어머니는 재택근무를 선택했다. '부업'이었다. 실밥 뜯기, 상자 조립하기, 봉투 붙이기, 마늘 까기, 문풍지 말기…… 부업의 종류는 정말 무궁무진했다. 어린 김지영 씨도 옆에서 엄마를 많이 도왔다. 주로 부스러기들을 모아 버리거나 개수를 세는 일이었다.

가장 골치 아픈 부업은 문풍지 말기였다. 문이나 창문 틈에 붙이는 스펀지 재질의 좁고 길고 한 면에 끈끈이가 발라져 있는 문풍지. 그게 기다란 채로 트럭에 실려 오면, 두 줄씩 소용

＊ 김시형 외, 『기록되지 않은 노동』(삶창, 2016), 21~29쪽 참고.

돌이 모양으로 돌돌돌 말아 작은 비닐봉지에 담는 일이다. 문풍지를 왼손 엄지와 검지 사이에 끼우듯 가볍게 쥐고 오른손으로 모양을 잡으며 마는데, 문풍지를 당기며 말다 보면 끈끈이를 덮고 있는 종이 스티커에 왼손 엄지와 검지 사이의 살 부분을 쉽게 베였다. 목장갑을 두 개씩 끼고 일해도 어머니의 손에서는 늘 피가 났다. 재료의 부피가 크고, 쓰레기가 많이 나오고, 스펀지와 접착제 냄새 때문에 머리도 아프지만 문풍지 일이 그나마 단가가 높아 그만둘 수가 없었다. 어머니는 점점 더 일을 많이 받았고, 더 오래 했다.

아버지가 퇴근한 후에도 문풍지를 말고 있는 날이 많았다. 국민학생인 김지영 씨와 김은영 씨는 엄마 옆에 붙어 앉아 숙제하다 놀다 쉬다 일을 거들었고, 어린 남동생은 스펀지 조각과 포장 비닐을 찢으며 놀았다. 일이 너무 많은 날은 문풍지 더미를 방 한구석에 밀어 놓고 그 옆에서 저녁밥을 먹기도 했다. 어느 날, 야근하고 평소보다 조금 늦게 퇴근한 아버지는 어린 자식들이 아직도 문풍지 더미에서 뒹굴고 있는 모습을 보고 처음으로 어머니에게 싫은 소리를 했다.

"냄새도 많이 나고 먼지도 많이 나는 일을 꼭 애들 있는 데서 해야겠어?"

분주하게 움직이던 어머니의 손과 어깨가 순간 우뚝 멈췄다. 어머니는 주섬주섬 포장된 문풍지 봉지들을 상자에 담으며 정리했고, 아버지는 무릎을 꿇고 앉아 너저분한 스펀지와 종잇조각들을 커다란 비닐봉지에 쓸어 넣으며 말했다.

"너 고생만 시키고. 미안하다."

그리고 크게 한숨을 내쉬었는데 순간 아버지의 등 뒤로 커다란 그림자가 생겼다 사라지는 것 같았다. 어머니는 본인 몸집보다 더 큰 상자들을 번쩍번쩍 들어 마루에 옮겨 놓고 아버지 곁에서 비질을 했다.

"은영 아빠가 나 고생시키는 게 아니라 그냥 우리 둘이 고생하는 거야. 미안해하지 않아도 되니까 혼자 이 집안 떠메고 있는 것처럼 앓는 소리 좀 하지 마. 그러라고 한 사람도 없고, 솔직히, 그러고 있지도 않잖아."

말은 그렇게 차갑게 뱉어 놓고 어머니는 문풍지 부업을 바로 그만두셨다. 일감을 가져다주던 트럭 아저씨는 제일 빠르고 깔끔한 분이 왜 일을 그만두느냐고 아쉬워했다.

"하긴. 문풍지만 말고 있기에는 은영 어머니 손재주가 아깝지. 미술이나 공예나 뭐 그런 거 한번 배워 보세요. 잘하실 것 같은데."

어머니는 이 나이에 뭘 배우겠느냐고 손을 내저으며 웃었는데, 그때 어머니의 나이가 서른다섯이었다. 아니라고는 했지만 어머니에게 문풍지 아저씨의 말은 꽤 인상 깊게 남은 듯 했다. 어머니는 어린 김은영 씨에게 더 어린 김지영 씨를 맡기고, 더 어린 막내는 나이 드신 할머니께 맡기고 학원에 다니기 시작했다. 미술이나 공예는 아니고 미용 학원이었다. 자격증 같은 것에는 도전하지도 않았다. 꼭 자격증이 있어야 남의 머리 잘라 줄 수 있는 것도 아니라며 간단한 커트와 파마 기술을 익히자마자 동네 아이들과 할머니들을 대상으로 저렴한 출장 미용을 시작했다.

금세 입소문이 났다. 어머니에게는 진짜 손재주가 있었고, 의외의 수완도 있었다. 파마를 마친 할머니들에게 자신의 립스틱과 펜슬로 기본적인 화장을 해 주었고, 아이들 커트를 할 때면 동생이나 하다못해 아이 엄마의 앞머리라도 서비스로 다듬어 주었다. 일부러 동네 미용실보다 조금 더 비싼 파마약을 썼고, 파마약 상자의 광고 문구를 짚어 가며 읽어 주었다.

"보이시죠? 두피 자극 없는 신제품. 인삼 성분 함유. 나는 태어나서 한 번도 못 먹어 본 인삼을 우리 어머니는 머리카락에 바르시는 거예요."

김지영 씨의 어머니는 세금 한 푼 내지 않고 현금을 차곡차곡 모았다. 손님을 뺏긴 미용실 아줌마에게 머리채를 한 번 붙잡히긴 했지만, 나름 동네 토박이인 데다가 평판을 잘 다져 놓은 덕에 민심은 어머니 편이었다. 고객층이 적당히 나뉘었고, 서로의 선을 넘지 않으면서 동네 미용실과 김지영 씨의 어머니가 공존했다.

김지영 씨의 어머니 오미숙 씨에게는 위로 오빠가 둘, 언니가 하나 있고, 아래로 남동생이 한 명 있는데 자라면서 모두 고향을 떠났다. 외가는 대대로 벼농사를 지으며 큰 어려움 없이 살았다고 한다. 하지만 세상이 변했다. 전통적인 농업 국가이던 한국은 빠르게 산업화되었고, 예전처럼 농사만 지어서는 먹고살 수 없게 되었다. 외할아버지는 당시 농촌의 부모들이 대부분 그랬듯 자식들을 일단 도시로 보냈다. 그렇다고 그 많은 자식들이 모두 원하는 만큼 공부하고 하고 싶은 일을 하도록 뒷바라지할 형편은 되지 않았다. 도시의 집값과 생활비는 비쌌고, 학비는 더 비쌌다.

어머니는 국민학교를 마치고 집안일과 농사일을 돕다가 열다섯 살이 되던 해에 서울로 올라왔다. 두 살 많은 이모는 이미 상경해 청계천 방직 공장에 다니고 있었는데, 어머니도 같은 공장에 취직해 언니와 공장 언니 둘과 함께 두 평 남짓 벌집방에서 살게 됐다. 공장 동료들은 거의 또래의 여자아이들이었다. 나이도, 배움도, 집안 사정도 비슷비슷했다. 어린 여공들은 직장 생활이 원래 그런 건 줄 알고 제대로 잠도 못 자고, 제대로 쉬지도 못하고, 제대로 먹지도 못하며 일만 했다. 방직기계가 내뿜는 열기 때문에 덥다 못해 미칠 지경이었고, 안 그래도 짧은 스커트를 최대한 걷어 올리고 일을 해도 팔꿈치와 허벅지에서 땀이 뚝뚝 떨어졌다. 시야를 가릴 정도로 뿌옇게 먼지가 날려 폐병을 얻는 이들도 많았다. 잠 깨는 약을 수시로 삼켜 가며 누런 얼굴로 밤낮없이 일해서 받는 터무니없이 적은 돈은 대부분 오빠나 남동생들의 학비로 쓰였다. 아들이 집안을 일으켜야 한다고, 그게 가족 모두의 성공과 행복이라고 생각하던 시절이었다. 딸들은 기꺼이 남자 형제들을 뒷바라지했다.*

큰외삼촌은 지역의 국립 의대를 나와 모교 대학 병원에서 평생 일했고, 작은 외삼촌은 경찰서장으로 은퇴했다. 어머니는 오빠들이 성실하고 반듯하고 공부를 잘하는 게 뿌듯하고 보람 있었다. 공장의 친구들에게도 자랑을 많이 했는데, 그 자랑스러운 오빠들이 경제력을 갖게 되자 막내 외삼촌을 뒷바라지했다. 덕분에 막내 외삼촌은 서울에 있는 사범대학을 다닐 수 있었고, 큰외삼촌은 집안을 일으키고 가족을 부양한 책임감 있는 장남이라고 칭찬받았다. 그제야 어머니와 이모는 사랑하는 가족의 울타리 안에서는 자신들에게 기회가 오지 않으리라는 사실을 깨달았다. 두 사람은 뒤늦게 산업체 부설 학교에 다니며 낮에는 일하고 밤에는 공부해 중학교 졸업장을 받았다. 어머니는 또 검정고시 공부를 했다. 막내 외삼촌이 고등학교 교사가 되던 해에 어머니는 고졸이 되었다.

김지영 씨가 국민학교 때였는데 담임 선생님이 일기장에 적어 주신 한 줄짜리 메모를 물끄러미 보던 어머니가 문득 말했다.

"나도 선생님 되고 싶었는데."

엄마는 그냥 엄마만 되는 줄 알았던 김지영 씨는 왠지 말도 안 되는 소리 같아 웃어 버렸다.

"진짜야. 국민학교 때는 오 남매 중에서 엄마가 제일 공부 잘했다. 큰외삼촌보다 더 잘했어."

---

* 박재현 외, 앞의 책, 61쪽 참고.

"근데 왜 선생님 안 했어?"

"돈 벌어서 오빠들 학교 보내야 했으니까. 다 그랬어. 그때 여자들은 다 그러고 살았어."

"그럼 선생님 지금 하면 되잖아."

"지금은, 돈 벌어서 너희들 학교 보내야 하니까. 다 그래. 요즘 애 엄마들은 다 이러고 살아."

어머니는 자신의 인생을, 김지영 씨의 어머니가 된 일을, 후회하고 있었다. 길게 늘어진 치맛자락 끝을 꾹 밟고 선 작지만 묵직하고 굳건한 돌덩이. 김지영 씨는 그런 돌덩이가 된 기분이었고 왠지 슬펐다. 어머니는 김지영 씨의 마음을 알아채고는 너저분하게 흐트러진 딸의 머리칼을 손가락으로 다정하게 넘겨 주었다.


김지영 씨는 골목골목 20분 정도 걸어가야 하는 규모가 아주 큰 국민학교에 다녔다. 한 학년이 적게는 11반, 많게는 15반까지 있었고 한 반 인원은 50명에 달했다. 김지영 씨가 입학하기 전에는 저학년을 오전반, 오후반으로 나누어 운영해야 할 정도였다.

유치원을 다니지 않은 김지영 씨에게는 학교가 말하자면 첫 번째 사회생활이었는데, 그럭저럭 잘 해냈다. 적응 기간이 끝나자마자 어머니는 같은 학교에 다니던 두 살 많은 언니에게 김지영 씨의 등교를 맡겼다. 언니는 아침마다 시간표에 따라 동생의 교과서와 공책, 알림장을 챙기고, 요술공주 캐릭터가 그려진 두툼한 필통에 너무 뭉툭하지도 너무 뾰족하지도 않게 심을 깎은 연필 네 자루와 지우개 하나를 넣었다. 준비물이 있는 날에는 어머니께 돈을 받아 학교 앞 문방구에서 사 주었다. 김지영 씨는 길을 잃거나 딴 길로 빠지지 않고 무사히 등하교 했고, 수업 시간에는 내내 자리에 잘 앉아 있었고, 옷에 오줌을 싸지도 않았다. 칠판에 써 있는 내용을 알림장에 잘 옮겨 왔고, 받아쓰기에서는 곧잘 100점도 맞았다.

학교생활 첫 번째 난관은, 많은 여학생들이 경험한 바 있는 '남자 짝꿍의 장난'이었다. 김지영 씨에게는 그저 장난이라고 말할 수 없는 것이었다. 장난보다는 괴롭힘이나 폭력으로 느껴졌고 너무 괴로웠는데 언니와 어머니에게 울면서 하소연하는 것 말고는 방법이 없었다. 그렇다고 언니와 어머니가 문제를 해결해 준 것도 아니었다. 언니는 남자애들이 원래 유치하다며 별수 없으니 그냥 무시하라고 했고, 어머니는 친구가 놀자고 장난치는 걸 가지고 울고불고한다며 오히려 김지영 씨를 혼냈다.

짝꿍은 어느 날부턴가 김지영 씨를 툭툭 건드렸다. 자리에 앉다가, 줄을 서다가, 가방을 메다가 실수인 듯 어깨를 스쳤다. 김지영 씨와 마주치면 일부러 가까이 오며 제법 아프게 팔을 툭, 치고 지나갔다. 지우개, 연필, 자 같은 학용품을 빌려 가서는 곧바로 돌려주지 않았고, 달라고 하면 멀리 바닥에 던지거나 엉덩이에 깔고 앉거나 가끔은 빌려 간 적이 없다고 막무가내로 우기기도 했다. 수업 중에 학용품을 돌려받기 위해 실랑이하다가 둘이 같이 벌을 받기도 했다. 김지영 씨가 더 이상 학용품을 빌려 주지 않자 옷차림이나 말실수를 꼬투리 잡아 놀리고, 가방과 실내화 주머니를 엉뚱한 자리에 갖다 놓아서 한참을 찾아 헤매게 했다.

이른 여름 어느 날, 김지영 씨는 발에 자꾸 땀이 차서 실내화를 벗어 놓고 발을 책상 발걸이에 올린 자세로 수업을 듣고 있었다. 그런데 갑자기 짝꿍이 다리를 쭉 뻗어 김지영 씨 책상 아래에 놓여 있는 실내화를 힘껏 걷어찼다. 실내화는 줄 맞춰 놓인 책상 사잇길로 쭉 미끄러져 교탁 앞까지 나갔다. 교실은 순식간에 웃음바다가 됐고, 선생님은 얼굴이 벌게져서는 교탁을 내리치며 물었다.

"이 실내화 누구 거야?"

김지영 씨는 선뜻 대답하지 못했다. 일단 무서웠고, 자신의 실내화가 맞긴 하지만 실내화를 걷어찬 짝이 먼저 자기가 했다고 말해 주길 기다렸다. 하지만 짝꿍도 겁을 먹었는지 고개만 푹 숙이고 있었다.

"얼른 대답 안 해? 실내화 검사할까?"

김지영 씨는 짝꿍을 팔꿈치로 치며 낮게 네가 했잖아, 했고, 짝꿍은 고개를 더 숙이며 내 실내화 아니잖아, 했다. 선생님이 교탁을 한 번 더 내리쳤고, 어쩔 수 없이 김지영 씨가 손을 들었다. 교탁 앞으로 불려 나간 김지영 씨는 반 아이들이 모두 보는 앞에서 혼났다. 처음 실내화 주인이 누군지 물었을 때 대답하지 않았다는 이유로 순식간에 비겁한 거짓말쟁이에, 친구들의 귀중한 수업 시간을 빼앗은 시간 도둑이 되었다. 김지영 씨는 이미 눈물 콧물 범벅이 되어 변명도, 해명도 할 수도 없는 상태였다. 그때 누군가 작은 목소리로 김지영이 한 거 아니에요, 했다. 통로 건너편 맨 뒷자리에 앉은 여자아이였다.

"김지영 실내화긴 한데 김지영이 안 했어요. 제가 봤어요."

선생님은 당황스러운 얼굴로 여자아이에게 물었다.

"그게 무슨 소리야? 그럼 누가 했어?"

여자아이는 난처한 듯 대답하지 못하고 범인의 뒤통수를 보고만 있었다. 선생님과 아이들의 시선이 모두 같은 곳을 향했고, 그제야 짝꿍은 사건의 전말을 실토했다. 선생님은 김지영 씨를 혼낼 때보다 두 배 정도 큰 목소리로, 두 배 정도 긴 시간 동안, 두 배 정도 얼굴이 벌게져서는 짝꿍을 혼냈다.

"너 그동안 지영이 많이 괴롭혔지? 선생님이 다 보고 있었어. 집에 가서 지영이 괴롭혔던 일들 하나도 빠뜨리지 말고 적어서 내일 가져와. 선생님 다 알고 있으니까 한 가지라도 빼먹을 생각하지 마. 엄마랑 같이 쓰고, 끝에다가 엄마 사인도 꼭 받아 와."

짝꿍은 이제 엄마한테 죽었다며 어깨를 축 늘어뜨린 채 집에 갔고, 선생님은 김지영 씨를 교실에 남게 했다.

또 뭐라고 혼을 내려나 긴장하고 있었는데, 뜻밖에 선생님은 김지영 씨 앞자리에 마주 앉더니 사과했다. 상황 파악부터 하지 않고 무조건 혼내서 미안하다, 당연히 실내화 주인의 장난일 줄 알았다, 선생님이 지혜롭지 못했고 앞으로 주의하겠다,라고 차분차분 해명하고 재발 방지를 약속했다. 김지영 씨의 마음이 스르르 풀리면서 또 눈물이 왈칵 쏟아졌다. 하고 싶은 말이나 부탁이 있느냐고 물어서 김지영 씨는 꺽꺽 울음을 삼키며 대답했다.

"짝, 흑흑, 바꿔 주세요. 그리고 다시는, 어흐흑, 걔랑, 흑, 짝이 안 되게, 흑흑, 해 주세요."

선생님은 김지영 씨의 어깨를 토닥였다.

"근데 지영아, 선생님은 벌써 눈치채고 있었는데 지영이는 모르는 것 같네? 짝꿍이 지영이를 좋아해."

김지영 씨는 너무 어이가 없어서 눈물이 뚝 멈췄다.

"걔 저 싫어해요. 그동안 괴롭힌 거 다 아신다면서요."

선생님은 웃었다.

"남자애들은 원래 좋아하는 여자한테 더 못되게 굴고, 괴롭히고 그래. 선생님이 잘 얘기할 테니까 이렇게 오해한 채로 짝 바꾸지 말고, 이번 기회에 둘이 더 친해지면 좋겠는데."

짝꿍이 나를 좋아한다고? 괴롭히는 게 좋아한다는 뜻이라고? 김지영 씨는 혼란스러웠다. 그동안 있었던 일들을 빠르게 되짚어 봤지만 아무래도 선생님의 말을 이해할 수 없었다. 좋아한다면 더 다정하고 친절하게 대해야 한다. 친구에게도, 가족에게도, 집에서 키우는 강아지나 고양이에게도 그래야 하는 거다. 그게 여덟 살 김지영 씨도 알고 있는 상식이다. 그 아이의 괴롭힘 때문에 학교생활이 너무 힘들었다. 그리고 이제껏 당해 온 것도 억울한데, 친구를 오해하는 나쁜 아이가 되기까지 했다. 김지영 씨는 고개를 저었다.

"싫어요. 너무너무 싫어요."

다음 날 자리를 다시 정했다. 김지영 씨는 키가 가장 커서 늘 맨 뒷자리에 혼자 앉았던 남학생과 짝꿍이 되었고, 둘은 단 한 번도 다투지 않았다.

3학년이 되면서 일주일에 두 번 학교에서 점심을 먹게 됐는데, 밥 먹는 속도가 느린 김지영 씨에게는 그 시간이 무척 고역이었다. 김지영 씨가 다녔던 국민학교는 학교 급식 시범 학교였다. 주변 학교들 중 가장 먼저 급식을 시작했고, 크고 깨끗한 조리실과 급식실을 갖추었다. 점심시간이 되면 번호대로 한 줄로 서서 급식실에 가 밥을 먹었는데, 급식실이 학생들을 한꺼번에 수용할 수 있는 규모가 아니라 얼른 먹고 자리를 비켜 주어야 했다.

밥을 다 먹은 아이들이 운동장에서 말 그대로 고삐 풀린 망아지들처럼 뛰노는 동안 김지영 씨는 숟가락 가득 밥을 퍼서 꾸역꾸역 입안으로 밀어 넣었다. 특히나 3학년 때 담임선생님은 밥을 조금 배식받는 것도, 남기는 것도 절대 허용하지 않았다. 식사 종료 5분 전부터 선생님은 남은 아이들 주변을 돌아다니면서 왜 아직도 다 먹지 못했느냐고 꾸짖고, 얼른 먹으라고 재촉하며, 숟가락으로 식판을 탁탁탁탁 두드렸다. 먹던 밥이 목구멍에 컥컥컥컥 얹히는 것 같았다. 마음이 급해진 아이들은 알약을 삼키듯 밥과 반찬을 입에 넣고 물과 함께 꿀꺽꿀꺽 삼켰다.

김지영 씨는 49명 중 30번이었다. 남학생이 1번부터 27번,

여학생이 28번부터 49번이고 번호는 생일 순서로 매겨졌다. 그나마 김지영 씨가 4월생이라 서른 번째라도 밥을 받았지 생일이 늦은 여자아이들은 앞 번호 아이들이 다 먹고 일어설 즈음에야 자리에 앉을 수 있었다. 그래서 밥을 늦게 먹는다고 혼나는 아이들은 대부분 여자아이들이었다.

선생님 컨디션이 유난히 좋지 않은 날이었다. 주번이 칠판을 깨끗이 지워 놓지 않았다는 이유로 반 전체가 단체 기합을 받았고, 갑자기 손톱 검사를 해서 김지영 씨는 서랍 안에 손을 숨기고 급하게 가위로 손톱을 잘라 내야 했다. 늘 마지막까지 남아 밥을 먹던 아이들 몇 명은 그날도 눈치를 보며 밥을 삼키고 있었고, 선생님은 밥풀과 멸치가 아이들 얼굴에 튀어 오를 정도로 식판을 두드리며 화를 냈다. 몇몇 아이들이 입에 밥을 가득 문 채로 울음을 터뜨리고 말았다. 졸지에 눈칫밥에 눈물밥을 먹은 아이들은 누가 부른 것도 아닌데 청소 시간에 자연스럽게 교실 뒤에 모였다. 눈짓, 손짓, 짧은 단어들을 주고받으며 약속을 정했다. 종례 다 끝나고, 영진시장, 할머니 떡볶이집.

아이들은 모이자마자 불만을 쏟아냈다.

"우리한테 화풀이한 거야. 아침부터 계속 트집 잡아서 혼냈잖아."

"맞아."

"자꾸 옆에서 먹으라고 먹으라고 재촉하니까 더 안 먹혀."

"일부러 안 먹는 것도 아니고, 장난을 치는 것도 아니고, 원래 먹는 게 느린데 어쩌라고?"

김지영 씨도 같은 생각이었다. 선생님의 행동은 옳지 않다. 정확히 어떤 지점이 어떻게 잘못되었는지 집어 지적할 수는 없지만 답답하고 억울한 마음이었다. 하지만 자기 생각을 말해 버릇하지 않아서인지 푸념도 입 밖으로 잘 나오지 않았다. 그저 친구들의 이야기를 들으며 고개만 끄덕이고 있는데, 김지영 씨처럼 말없이 앉아 있던 유나가 말했다.

"불공평해."

유나는 차분하게 말을 이었다.

"매번 번호 순서대로 밥 먹는 거, 불공평해. 밥 먹는 순서를 다시 정하자고 해야겠어."

선생님께 말한다는 건가. 감히 선생님께 할 수 있는 말인가. 김지영 씨는 잠깐 생각했지만 유나라면 해도 될 것 같았다. 유나는 공부를 잘했고, 유나 엄마는 육성회장이었다. 금요일 학급 회의 시간이 되자 유나는 정말 손을 번쩍 들고 건의했다.

"급식 먹는 순서를 바꿔야 한다고 생각합니다."

번호 순서대로 배식하니 뒷번호 아이들은 늦게 급식을 받게 되고, 늦게 먹을 수밖에 없다. 매번 1번부터 밥을 받는 것은 뒷번호 아이들에게 불리하다. 배식 순서를 정기적으로 바꿔야 한다. 유나는 교단에 선 선생님을 똑바로 보면서 차분하게 또박또박 말했고, 선생님은 변함없이 미소를 짓고 있었지만 입꼬리가 실룩였다. 교실 분위기는 팽팽하게 당긴 고무줄처럼 아슬아슬했다. 말하고 있는 건 유나인데 김지영 씨가 너무 긴장돼서 다리가 덜덜 떨렸다. 그런데 잠시 유나를 지그시 바라보던 선생님이 싱긋, 웃더니 대답했다.

"다음 주부터는 49번부터 거꾸로 배식 받는다. 한 달에 한 번씩 순서를 바꾸자."

끝 번호 여자 아이들이 환호를 질렀다. 급식실에 들어가는 순서는 바뀌었지만 급식실 안의 분위기는 크게 바뀌지 않았다. 선생님은 여전히 밥 늦게 먹는 것을 싫어했고, 체할 정도로 윽박질렀고, 할머니 떡볶이집 멤버 여섯 명 중 두 명은 계속 하위 그룹에 속했다. 김지영 씨는 어차피 중간 번호라 배식 순서가 크게 바뀌진 않았는데, 왠지 늦게 먹으면 지는 기분이 들어 악착같이 밥을 먹었고 하위 그룹에서 탈출할 수 있었다.

작은 성취감을 느꼈다. 부당하다고 생각하는 일을 절대 권력자에게 항의해서 바꾸었다. 유나에게도, 김지영 씨에게도, 끝 번호 여자아이들 모두에게 소중한 경험이었다. 약간의 비판 의식과 자신감 같은 것이 생겼는데, 그런데도 그때는 몰랐다. 왜 남학생부터 번호를 매기는지. 남자가 1번이고, 남자가 시작이고, 남자가 먼저인 것이 그냥 당연하고 자연스러웠다. 남자 아이들이 먼저 줄을 서고, 먼저 이동하고, 먼저 발표하고, 먼저 숙제 검사를 받는 동안 여자아이들은 조금은 지루해하면서, 가끔은 다행이라고 생각하면서, 전혀 이상하다고 느끼지 않으면서 조용히 자기 차례를 기다렸다. 주민등록번호가 남자는 1로 시작하고 여자는 2로 시작하는 것을 그냥 그런 줄로만 알고 살 듯이.

4학년 때부터는 아이들이 직접 투표해서 반장을 뽑았다. 1학기, 2학기 1년에 두 번씩, 3년 동안 여섯 번의 투표를 했는데, 김지영 씨네 반은 여섯 번 모두 남학생이 반장이 되었다. 많은 선생님들이 똘똘한 여자애들 대여섯 명을 정해 놓고 심부름도 시키고 채점이나 숙제 검사도 시켰다. 확실히 여자애들이 더 똑똑하다는 말을 입버릇처럼 했다. 아이들 역시 여학생들이 더 공부를 잘하고 차분하고 정확하다고 생각했는데, 반장 선거를 하면 꼭 남학생이 뽑혔다. 김지영 씨만의 특별한 경험은 아니었다. 그때는 확실히 남자 반장이 더 많았다. 중학교에 입학한 지 얼마 안 됐을 때로 기억하는데, 어머니가 신문을 보다가 놀라운 듯 말했다.

"요즘 국민학교에는 여자 반장이 엄청 많아졌대. 40프로가 넘는단다.* 우리 은영이랑 지영이 클 때는 여자 대통령도 나오겠네."

＊「여자라고 전교 회장 못하나요」, 《한겨레신문》, 1995. 5. 4.

그러니까 김지영 씨가 국민학교에 다니던 시절만 해도 여자 반장이 채 절반이 되지 않았고, 그것도 과거에 비해 크게 증가한 수치라는 뜻이다. 그리고 미화부장은 여학생이, 체육부장은 남학생이 했다. 선생님이 시키든 아이들이 자원하든 꼭 그랬다.

김지영 씨가 5학년 때 가족은 이사를 했다. 큰길가의 한 동짜리 신축 빌라 3층. 방 세 개에 거실 겸 주방 하나, 화장실이 하나 있는 집이었다. 전에 살던 주택에 비해 두 배 크기였고, 열 배쯤 편했다. 아버지의 월급에 어머니의 수입까지 차곡차곡 모으고 불린 덕분이었다. 어머니는 각종 은행 상품들의 이율과 혜택을 꼼꼼하게 알아보고 재형저축과 청약저축, 특판 예적금에 투자했다. 믿을 만한 동네 아주머니들과 계를 조직해서 돈을 굴리기도 했는데, 여기에서 가장 큰 수익이 났다. 이모를 비롯, 외가 친척들이 계를 하자고 할 때는 단호하게 거절했다.

"제일 못 믿을 게 멀리 사는 피붙이야. 괜히 돈도 잃고 의도 상하기 싫다."

예전 집은 오래된 주택을 조금씩 고치다 보니 재래식과 현대식이 묘하게 섞여 있었다. 마당이 있던 자리에 마루를 깔아 만든 거실 겸 주방은 난방이 되지 않았고, 타일이 깔끔하게 붙은 욕실에는 세면대와 욕조가 없어 커다란 다라이에 받아 놓은 물을 바가지로 떠서 세수도 하고 머리도 감고 목욕도 했다. 좌변기가 놓인 좁은 화장실은 대문 옆에 외따로 떨어져 있었다. 새 집은 방과 거실, 주방이 모두 따뜻했고, 현관 안에 화장실과 욕실이 다 있어서 집에 한번 들어오면 신발을 신고 이동할 일이 없었다.

그리고 자매의 방이 생겼다. 가장 큰 방은 부모님과 막내 동생이 썼고, 다음으로 큰 방은 김지영 씨와 언니가 썼고, 가장 작은 방은 할머니 방이 되었다. 아버지와 할머니는 전처럼 자매와 할머니가 한 방을 쓰고, 남자애가 따로 방을 써야 하는 것 아니냐고 했지만 어머니는 확고했다. 연세도 많으신 할머니를 언제까지 손녀들과 같은 방을 쓰시게 할 거냐며, 혼자 편하게 라디오도 듣고 불경도 들으면서 낮잠 주무실 수 있게 방을 따로 내드려야 한다고 했다.

"아직 학교도 안 들어간 애한테 방은 무슨 방. 어차피 밤마다 베개 끌어안고 안방으로 쪼르르 올 텐데. 너 혼자 잘래, 엄마랑 잘래?"

일곱 살 막둥이는 절대, 절대, 엄마와 잘 거라고 방 따위는 필요 없다고 주장했고, 어머니의 계획대로 자매는 자매만의 방을 갖게 되었다. 어머니는 자매의 방을 꾸며 주려고 아버지 몰래 돈을 따로 모아 두었다고 했다. 새 책상 두 세트를 사서 해가 잘 드는 창가에 나란히 놓았고, 옆 벽면에 새 옷장과 책장을 놓았고, 1인용 요, 이불, 베개 세트를 하나씩 새로 사 주었다. 그리고 맞은편 벽에는 커다란 세계지도를 붙였다.

"여기 서울 좀 봐. 그냥 점이야, 점. 그러니까 우리가 지금 이 점 안에서 복작복작하면서 살고 있다는 거다. 다 가 보진 못하더라도 알고는 살라고. 세상이 이렇게나 넓다."

1년 후 할머니가 돌아가셨고, 할머니 방은 남동생의 방이 되었다. 하지만 남동생은 꽤 오래 밤마다 베개를 끌어안고 엄마 품으로 파고 들어와 잠들었다.

# 1995년~2000년

김지영 씨는 집에서 15분쯤 걸어가야 하는 중학교에 다녔다. 언니도 같은 학교를 다녔는데, 언니가 입학할 때만 해도 여중이었다.

1990년대까지도 한국은 출생 성비 불균형이 매우 심각한 나라였다. 김지영 씨가 태어났던 1982년에는 여아 100명당 106.8명의 남아가 태어났는데, 남아의 비율이 점점 높아져 1990년에는 116.5명이 되었다.* 자연적인 출생 성비는 103명에서 107명이다. 이미 남학생이 많았고, 앞으로는 더 많아질 게 뻔한데 남학생이 입학할 수 있는 학교는 부족했다. 남녀공학에서는 남자 반을 여자 반보다 두 배 가까이 두었지만 같은 학교 내에서 성비가 너무 기울어지는 것도 문제였고, 학생들이 가까운 학교를 두고 먼 여중, 남중에 배정받아 장거리 통학을 하는 것도 합리적이지 않았다. 김지영 씨가 입학하던 해에 학교는 남녀공학으로 전환되었고, 김지영 씨의 학교를 시작으로 몇 년 사이 다른 여중과 남중도 모두 남녀공학이 되었다.

평범한 학교였다. 운동장이 좁아 대각선으로 100미터 달리기를 해야 하고, 건물 벽에서 부스러기가 시도 때도 없이 떨어지는, 작고 낡은 공립 중학교. 복장 규정이 좀 빡빡했는데, 유난히 여학생들에게 엄격했다. 김은영 씨의 말로는 남녀공학이 되면서 더 심해졌다고 한다. 교복 치마는 무릎을 덮어야 했고, 영

---

* 「인구 동태 건수 및 동태율 추이」, 통계청.

덩이와 허벅지의 굴곡이 드러나지 않아야 했다. 얇고 하얀 하복 셔츠는 속이 많이 비쳤는데, 셔츠 안에 목둘레와 진동이 둥그런 전형적인 흰색 러닝셔츠를 반드시 입어야 했다. 끈나시도 안 됐고, 면티도 안 됐고, 색이 있거나 레이스가 있는 것도 안 됐고, 브래지어만 입는 것은 절대절대 안 됐다. 또 여름에는 살색 스타킹에 흰 양말을 신어야 했고, 겨울에는 학생용 검정 스타킹만 신어야 했다. 비치는 검정 스타킹도 안 됐고, 양말을 덧신는 것도 안 됐다. 운동화는 신을 수 없고 구두만 허용됐다. 한겨울에 양말도 없이 스타킹에 구두를 신고 다니려면 발이 너무 시려워 딱 울고 싶었다.

　남학생들의 경우, 바지폭을 너무 넓거나 좁게 수선하는 것은 안 되지만 그 이외에는 대체로 눈감아 주었다. 하복 안에 러닝셔츠도 입고, 흰 면티도 입고, 종종 회색이나 검정색 티를 입고 다니는 아이들도 있었다. 그러다가 더우면 단추도 몇 개 열었고, 점심시간이나 쉬는 시간에는 티셔츠만 입고 다니기도 했다. 구두도, 운동화도, 축구화도, 조깅화도 신을 수 있었다.

　한번은 운동화를 신고 등교하다 교문에서 붙잡힌 여학생이 왜 남학생들에게만 면티와 운동화를 허용하느냐고 항의했다. 선도부 교사는 남자애들이 시도 때도 없이 운동을 하기 때문이라고 대답했다.

　"남자애들은 쉬는 시간 10분 동안도 가만히 안 있잖아. 축구든, 농구든, 야구든, 하다못해 말뚝박기라도 한다고. 그런 애들한테 어떻게 와이셔츠 목까지 닫아 입고 구두 신고 다니라고 하겠어?"

　"여자애들이라고 싫어서 안 하는 줄 아세요? 치마에 스타킹에 구두까지 신겨 놓으니까 불편해서 못하는 거라고요. 저도 국민학교 때는 쉬는 시간마다 말뚝박기하고 사방치기 하고 고무줄놀이 하고 그랬어요."

결국 여학생은 복장 불량에 괘씸죄까지 더해져 오리걸음으로 운동장을 돌아야 했다. 교사는 쭈그려 앉으면 속옷이 보일 수 있으니 치맛단을 잘 붙잡으라고 말했지만 여학생은 끝까지 치맛단을 추스르지 않았다. 발걸음을 옮길 때마다 빼꼼빼꼼 속옷이 보였다. 그렇게 한 바퀴를 돌아 오자 선생님은 오리걸음을 중단시켰다. 역시 복장 불량으로 적발되어 나란히 교무실로 끌려가던 같은 반 아이가 왜 치맛단을 붙잡지 않았느냐고 물었다.

"이 옷차림이 얼마나 불편한 건지 두 눈으로 확인하라고."

학칙이 바뀌지는 않았지만, 어느 순간부터 선도부와 선생님들은 여학생들의 면티와 운동화를 모르는 척했다.

학교 앞에는 유명한 바바리맨이 있었다. 수년째 일정 시간, 일정 장소에 출몰해 온 토박이 바바리맨이었다. 이른 등굣길에 짠, 하고 나타나 어린 학생들을 혼비백산하게 만들기도 했고, 흐린 날이면 하필 여학생 반인 2학년 8반 교실 창문에서 가장 잘 보이는 공터에 나타나기도 했다. 김지영 씨는 2학년 때 8반이 되었다. 반 배정표를 보며 8반이 된 아이들은 기겁했고, 그러다 조금 낄낄거리기도 했다.

새 학기가 시작된 지 얼마 되지 않은 이른 봄이었다. 새벽에 봄비가 촉촉하게 내렸고, 오전 내내 안개가 끼었다. 3교시가 끝난 쉬는 시간, 교실 맨 뒷자리에 앉아 있던, 일진으로 불리던 아이 하나가 창틀에 팔을 걸치고 밖을 내다보다 유후, 하고 야유인지 환호인지 모를 소리를 질렀다. 좀 논다는 아이들 몇이 창가로 몰려들었고 오빠! 오빠! 한 번 더! 한 번 더! 외쳤다. 그러고는 곧 박수를 치며 넘어갈 듯이 웃었다. 김지영 씨는 창가에서 먼 자기 자리에 그냥 앉아 고개만 쭉 내밀어 보았는데 아무것도 보이지 않았다. 사실 궁금하긴 했지만 구경하러 달려가기 쑥스럽기도 했고, 차마 직접 눈으로 볼 용기가 나지 않기도 했다. 창가 자리에 앉은 친구에게 나중에야 전해 들었는데, 학생들의 호응에 보답이라도 하듯 그날 바바리맨의 퍼포먼스는 상상을 초월했다고 한다.

그렇게 한참 교실이 아수라장일 때, 갑자기 앞문이 열리며 학생주임 선생님이 들어왔다.

"거기, 창가에서 소리 지르는 너희들! 나와! 다 앞으로 나와!"

창가의 아이들이 우르르 교단 앞으로 불려 나갔다. 아이들은 자기 자리에 앉아 있었을 뿐이다, 소리 지르지 않았다, 창밖을 보지도 않았다고 항변했고, 선생님은 자의대로 아이들을 솎아 내 다섯 명을 교무실로 데려갔다. 4교시 수업 시간 동안 단체 기합을 받고 반성문을 썼다고 한다. 점심시간이 되어서야 교실로 돌아온 일진은 창 너머로 침을 탁, 뱉었다.

"아, 씨발, 벗은 새끼가 잘못이지 우리가 잘못이야? 변태 새끼 잡을 생각은 안 하고 우리한테 반성을 하래. 뭘 반성하라는 거야, 도대체! 내가 벗었어?"

아이들은 고개를 돌리고 킥킥 웃었다. 침을 몇 번 더 뱉고도 일진은 화를 삭이지 못하는 것 같았다.

늘 지각을 하던 반성문 멤버 다섯은 그날 이후로 가장 일찍 등교해 오전 내내 책상에 엎드려 잤다. 무슨 일을 벌이고 있는 듯싶었지만, 딱히 큰 일탈 행동이 없으니 선생님들도 아무 말 못했다. 그리고 드디어 사건이 터졌다. 외나무다리에서 원수를 만나듯, 어느 이른 아침 골목에서 일진은 바바리맨과 마주쳤고, 그때 일진 뒤에 숨어 있던 넷이 한꺼번에 달려들어 준비한 빨랫줄과 허리띠로 바바리맨을 묶어 근처 파출소로 끌고 갔다고 한다. 그래서 파출소에서는 어떤 일이 있었는지, 바바리맨은 어떻게 됐는지 아는 사람은 아무도 없다. 아무튼 이후로 바바리맨은 나타나지 않았고, 다섯 명은 근신 처분을 받았다. 일주일 동안 수업도 듣지 못하고 교무실 옆 학생부실에서 반성문을 쓰고, 운동장과 화장실 청소를 하다가 돌아온 아이들은 입을 다물어 버렸다. 가끔 선생님들이 지나가며 그 아이들의 머리를 꽁 쥐어박았다.

"여자애들이 부끄러운 줄도 모르고. 학교 망신이다, 망신."

일진은 선생님이 지나간 후 낮게 씨발, 하고는 창밖으로 침을 뱉었다.

초경은 중학교 2학년 때였다. 또래에 비해 늦은 편도 빠른 편도 아니었다. 언니도 중학교 2학년 때 월경을 시작했고, 김지영 씨는 언니와 체형이나 식성도 비슷하고 꼬박꼬박 옷을 물려 입을 수 있을 정도로 성장 속도도 비슷해서 때가 되었다는 예감은 있었다. 당황하지 않고 언니의 책상 첫 번째 서랍에 있는 하늘색 생리대를 꺼내 쓰고, 언니에게 월경이 시작되었다고 말했다.

"에휴. 너도 좋은 날 다 갔구나."

김은영 씨는 대뜸 그렇게 말했다. 다른 가족들에게 말해야 할지, 뭐라고 해야 할지 모르겠다는 김지영 씨를 대신해 김은영 씨가 어머니께만 소식을 전했다. 아무 일도 없었다. 아버지는 늦으신다고 했고, 밥이 어중간하게 남았고, 어머니와 삼 남매는 저녁으로 라면을 세 개 끓여 밥을 말아 먹기로 했다. 식탁에 커다란 라면 냄비와 국그릇 네 개가 놓이자마자 남동생이 자기 몫의 면을 양껏 덜어 갔고, 김은영 씨가 그런 막내에게 꿀밤을 놓았다.

"야, 너 혼자 이렇게 많이 퍼 가면 우린 뭐 먹냐? 그리고 엄마 먼저 뜨셔야지 왜 너 먼저 떠?"

김은영 씨는 어머니의 그릇에 면과 국물과 달걀 덩어리를 한가득 담아 드리고, 동생 그릇에 담긴 면발의 절반을 자신의 그릇으로 옮겨 담았다. 그러자 어머니는 자신의 그릇에 담긴 면을 막내의 그릇에 다시 덜었고, 김은영 씨가 소리를 빽 질렀다.

"엄마! 그냥 좀 먹어! 다음부터는 1인용 냄비에다 다 따로 끓여서 자기 것만 먹어!"

"언제부터 엄마를 그렇게 챙겼다고 라면 하나 가지고 이 난리야? 그리고 다 다른 냄비에 끓이면 그 설거지는? 니가 할래?"

"내가 하지 그럼. 나도 설거지, 청소 할 만큼 해. 빨래 마르면 꼬박꼬박 개켜서 정리하고. 지영이도 그래. 우리 집에서 집안일 안 하는 사람은 딱 한 사람밖에 없어."

김은영 씨는 남동생을 노려보았고, 어머니는 남동생의 머리를 쓰다듬으며 말했다.

"아직 어린애잖아."

"뭐가 어려? 난 열 살 때부터 지영이 가방이랑 준비물 챙겨 주고, 숙제도 다 봐줬는데. 우리는 재만 할 때 걸레질도 하고, 빨래도 널고, 라면이나 달걀 프라이 같은 건 알아서 해 먹었다고."

"막내잖아."

"막내라서가 아니라 아들이라서겠지!"

김은영 씨는 젓가락을 탁 내려놓고 방으로 들어가 버렸다. 어머니는 복잡한 표정으로 닫힌 방문을 보면서 한숨을 내쉬었고, 김지영 씨는 라면이 붇는 게 걱정되면서 먹지도 못하고 눈치만 보고 있었다.

"할머니 계셨으면 큰누나는 엄청 혼났을 텐데. 어디 여자애가 남자 머리를 때리냐고."

막내는 면발을 호로록 들이켜며 눈치 없이 투덜거리다 김지영 씨에게 꿀밤을 한 대 더 맞았다. 어머니는 큰딸을 달래지도 않고, 화를 내지도 않고, 김지영 씨의 그릇에 라면 국물을 한

국자 덜어 주었다.

"따뜻한 거 많이 먹어야 한다. 옷도 따뜻하게 입고."

아버지께 꽃다발을 받았다는 친구도 있었고, 가족들과 케이크를 자르며 파티를 열었다는 친구도 있었다. 하지만 대부분의 아이들에게는 엄마, 언니, 여동생과만 공유하는 비밀일 뿐이다. 귀찮고 아프고 왠지 부끄러운 비밀. 김지영 씨네 집도 크게 다르지 않았다. 어머니는 입 밖에 내서는 안 되는 일이 벌어지기라도 한 것처럼 직접 언급을 피하며 라면 국물만 떠 주었다.

그날 밤 불편하고 불안한 마음으로 언니의 옆에 누워 김지영 씨는 자신에게 벌어진 일들을 차분히 되짚어 봤다. 월경과 라면에 대해 생각했다. 라면과 아들에 대해, 아들과 딸에 대해, 아들과 딸과 집안일에 대해 생각했다. 며칠 후 언니에게 지퍼가 달린 손바닥만 한 헝겊 파우치를 하나 선물 받았는데, 안에는 중형 생리대 여섯 개가 들어 있었다.

순간 흡수 젤이니 날개 달린 생리대니 하는 제품이 보편화된 것은 조금 이후의 일이었다. 까만 비닐봉지에 꽁꽁 숨겨 사 온 생리대는 접착제가 약하고 잘 뭉쳐져 가운데로 말려 모이는 데다가 흡수력도 떨어졌다. 신경을 쓴다고 썼는데도 자면서 뒤척이다 보면 옷이나 이불에 종종 생리혈이 묻었다. 특히나 옷차림이 얇고 가벼워지는 여름이면 더 잘 보였다. 잠이 덜 깨 비몽사몽한 상태로 세수하고 밥 먹고 등교 준비하느라 화장실과 주방, 거실을 오가다 보면 어머니가 기겁을 하면서 김지영 씨의 옆구리를 쿡쿡 찌르곤 했다. 그럴 때마다 김지영 씨는 큰 잘못이라도 저지른 것처럼 도망치듯 방으로 들어가 옷을 갈아입었다.

불편함보다 견디기 힘든 것은 생리통이었다. 언니에게 들어서 각오는 하고 있었지만 둘째 날이면 생리양도 엄청난 데다 가슴과 허리와 아랫배와 골반과 엉덩이와 허벅지까지 부어오른 듯 뻐근하고 당기고 쑤시고 뒤틀렸다. 양호실에 가면 핫팩을 빌려 주었는데, 뜨거운 물을 채운 빨간 핫팩은 너무 큰 데다 고무 냄새가 나서 왠지 그걸 가지고 다니는 게 생리 중이라고 광고하는 것 같아 내키지가 않았다. 그렇다고 두통, 치통, 생리통에 모두 효과가 있다는 진통제를 먹으면 머리가 멍해지고 구역질이 나서 대체로 그냥 버텼다. 매달 있는 일이고, 매번 며칠씩 겪는 일인데 그때마다 약을 먹어 버릇하면 몸에 안 좋지 않을까 하는 막연한 생각도 있었다.

아랫배를 움켜쥐고 방바닥에 엎드려 숙제를 하면서 김지영 씨는 이해할 수가 없다, 는 말을 반복했다. 세상의 절반이 매달 겪는 일이다. 진통제라는 이름에 두루뭉술 묶여 울렁증을 유발하는 약 말고, 효과 좋고 부작용 없는 생리통 전용 치료제를 개발한다면 그 제약 회사는 떼돈을 벌 텐데. 언니는 뜨거운 물을 담은 페트병을 수건에 둘둘 말아 건네며 동의했다.

"그러게 말이야. 암도 고치고, 심장도 이식하는 세상에 생리통 약이 한 알 없다니 이게 무슨 일이라니. 자궁에 약 기운 퍼지면 큰일이라도 나는 줄 아나 봐. 여기가 무슨 불가침 성역이라도 되는 거야?"

언니는 손가락으로 자신의 배를 가리켰고, 김지영 씨는 아픈 와중에도 페트병을 끌어안고 낄낄거렸다.


고등학교는 버스로 15분쯤 걸리는 여학교에 배정받았다. 버스로 30분쯤 걸리는 유명 학원에 수학 강의를 들으러 다녔고, 1시간쯤 걸리는 대학가에 자주 놀러갔다. 고등학생이 되며 생활 반경이 순식간에 확장되고 보니, 세상은 넓고 변태는 많았다. 버스에서 지하철에서 엉덩이나 가슴께를 스치는 미심쩍은 손들이 적지 않았다. 대놓고 허벅지나 등에 몸을 딱 붙이고 부비대는 미친놈들도 있었다. 괜히 어깨에 손을 올리거나, 목덜미를 쓸어내리거나, 늘어진 셔츠 목둘레와 벌어진 남방 단추 사이를 흘끔거리는 학원 오빠, 교회 오빠, 과외 오빠들에게 진저리를 치면서도 아이들은 그저 자리를 피하기만 할 뿐 소리 한번 지르지 못했다.

학교라고 마음을 놓을 수는 없었다. 굳이 팔뚝 안쪽으로 손을 넣어 부드러운 살을 꼬집고, 다 큰 아이들의 엉덩이를 두드리거나 브래지어 끈이 지나는 등 가운데를 쓰다듬는 남자 교사가 꼭 있었다. 1학년 때 담임은 50대 남자였는데, 검지만 펼친 모양의 손가락 지시봉을 들고 다니면서 이름표 검사를 핑계로 반 아이들의 가슴을 쿡쿡 찌르고, 교복 검사를 핑계로 치마를 들추곤 했다. 한번은 조회를 마친 담임이 깜빡 잊고 지시봉을 교탁에 두고 나갔는데, 자주 이름표 검사를 당했던 가슴 큰 아이가 성큼성큼 나와 교실 바닥에 지시봉을 내던지고 발로 사정없이 밟아 부수며 울었다. 앞자리에 앉아 있던 아이들이 얼른 깨진 조각들을 모아 치웠고, 단짝 친구가 그 아이를 안고 토닥였다.

그나마 학교와 학원만 오가는 김지영 씨의 사정은 나은 편이었다. 아르바이트하는 친구들의 상황은 정말 심각했다. 옷차림이나 근무 태도를 핑계로, 알바비를 담보로 접근해 오는 업주들, 돈을 내면서 상품과 함께 어린 여자를 희롱할 권리도 샀다고 착각하는 손님들이 부지기수였다. 아이들은 스스로도 깨닫지 못하는 사이에 남자에 대한 환멸과 두려움을 가슴 깊은 곳에 차곡차곡 쌓아 갔다.

학원 특강이 있던 날이었다. 정규 수업에 특강까지 듣고 나니 시간이 꽤 늦었다. 하품을 하며 정류장 팻말 아래 서서 버스를 기다리고 있는데 남학생 하나가 김지영 씨에게 눈을 맞추며 안녕하세요, 했다. 얼굴이 익숙하기는 했지만 잘 모르는 사람이었고, 김지영 씨는 그냥 같은 수업을 듣는 학생인가 보다 싶어 어색하게 고개를 끄덕였다. 서너 걸음 정도 떨어져 서 있던 남학생은 조금씩 조금씩 김지영 씨에게 가까이 다가왔다. 남학생과 김지영 씨 사이에 있던 사람들이 제각각 버스를 타고 떠나자 어느새 남학생은 김지영 씨 바로 곁에 서게 되었다.

"몇 번 타세요?"

"네? 왜요?"

"데려다줬으면 하시는 거 같아서."

"제가요?"

"네."

"아닌데요. 아니에요. 가세요."

누구냐고, 저를 아시느냐고 물어보고 싶었지만 왠지 대화를 더 이어 가기가 두려워 김지영 씨는 눈을 피하며 멀리 자동차의 불빛들만 보고 서 있었다. 기다리던 버스가 오자 김지영 씨는 못 본 척 제자리에 서 있다가 마지막에 달려가 탔는데, 남학생도 김지영 씨를 뒤따라 재빨리 버스에 올랐다. 버스 창에 비친 남학생의 뒷모습을 계속 흘끔거리며, 그도 창에 비친 김지영 씨를 흘끔거리고 있을 거라는 생각을 하니 무서워서 미칠 것만 같았다.

"학생, 괜찮아요? 어디 아파요? 여기 앉아요."

새하얗게 질려 식은땀을 줄줄 흘리는 김지영 씨에게 퇴근길인 듯 피곤한 얼굴의 여자가 자리를 양보했다. 김지영 씨는 여자에게 도움을 청하려고 손가락 끝을 잡고 눈빛을 보냈다. 여자는 상황을 잘 이해하지 못하고 되물었다.

"몸이, 많이 안 좋아요? 병원에 데려다줄까요?"

김지영 씨는 고개를 저으며 남학생이 못 보게 손을 아래로 내려 엄지와 새끼손가락을 펼쳐 전화기 모양을 해 보였다. 여자는 김지영 씨의 손과 표정을 번갈아 보고는 고개를 갸우뚱하며 잠시 생각하다가 가방에서 커다란 휴대폰을 꺼내 김지영 씨에게 슬그머니 건넸다. 김지영 씨는 고개를 푹 숙여 가리고 아버지에게 문자메시지를 보냈다. 나 지영이 정류장으로 나와 빨리 제발

버스가 집 앞 정류장에 거의 도착했을 즈음 김지영 씨는 간절한 마음으로 창 너머를 내다보았다. 아버지가 보이지 않았다. 남학생은 김지영 씨의 한 걸음 뒤에 서 있었고 버스의 하차 문이 열렸다. 버스에서 내리기가 무서웠지만 그렇다고 늦은 시간에 하염없이 낯선 동네로 갈 수도 없는 노릇이었다. 제발 따라오지 마라, 따라오지 마라, 따라오지 마라. 김지영 씨는 마음속으로 기도하며 아무도 없는 정류장에 발을 내디뎠는데, 남학생도 뒤따라 버스에서 내렸다. 버스에서 내린 사람은 둘뿐이었다. 외진 정류장에는 행인 한 명 지나가지 않았고, 가로등마저 고장 나 주위가 유독 깜깜했다. 그 자리에 그대로 얼어붙은 김지영 씨에게 남학생이 다가오며 낮게 읊조렸다.

"너 항상 내 앞자리에 앉잖아. 프린트도 존나 웃으면서 주잖아. 맨날 갈게요, 그러면서 존나 흘리다가 왜 치한 취급하냐?"

몰랐다. 뒷자리에 누가 앉는지, 프린트를 전달할 때 자신이 어떤 표정을 짓는지, 통로를 막고 선 사람에게 뭐라고 말하며 비켜 달라고 하는지. 그때 출발했던 버스가 멈추더니 아까 그 여자가 내리면서 소리쳤다.

"학생! 학생! 이거 두고 내렸어요!"

여자는 자신의 목에 두르고 있던, 얼핏 보기에도 고등학생 김지영 씨와 전혀 어울리지 않는 스카프를 흔들며 달려왔고 남학생은 쌍년들, 이라고 욕하고는 성큼성큼 걸어가 버렸다. 여자가 정류장에 도착하고, 김지영 씨가 바닥에 주저앉아 울음을 터뜨렸을 때, 아버지가 헐레벌떡 골목에서 뛰어 나왔다. 김지영 씨는 두 사람에게 간략하게 상황 설명을 했다. 같은 수업을

듣는 남학생 같은데, 전혀 기억에 없고, 김지영 씨가 호감을 가지고 있다고 혼자 착각한 것 같다고. 여자, 김지영 씨, 아버지, 이렇게 셋이 정류장 벤치에 나란히 앉아 다음 버스가 오기를 기다렸다. 급히 나오느라 빈손으로 뛰어왔다고, 택시라도 태워 보내야 하는데 미안하다고, 사례는 꼭 하겠다는 아버지에게 여자는 손을 내저으며 말했다.

"택시가 더 무서워요. 학생이 많이 놀란 것 같은데 잘 달래주세요."

하지만 김지영 씨는 그날 아버지에게 무척 많이 혼났다. 왜 그렇게 멀리 학원을 다니느냐, 왜 아무하고나 말 섞고 다니느냐, 왜 치마는 그렇게 짧냐…… 그렇게 배우고 컸다. 조심하라고, 옷을 잘 챙겨 입고, 몸가짐을 단정히 하라고. 위험한 길, 위험한 시간, 위험한 사람은 알아서 피하라고. 못 알아보고 못 피한 사람이 잘못이라고.

어머니가 여자에게 연락해 택시비라도, 작은 선물이라도, 안 된다면 커피 한잔이나 귤 한 봉지라도 전하고 싶다고 했지만 여자는 끝까지 거절했다. 김지영 씨가 직접 인사해야겠다 싶어 다시 전화를 걸었다. 여자는 다행이라며 대뜸 학생 잘못이 아니에요, 했다. 세상에는 이상한 남자가 너무 많고, 자신도 많이 겪었다고, 이상한 그들이 문제지 학생은 잘못한 게 없다는 여자의 말을 듣는데 김지영 씨는 갑자기 눈물이 났다. 꺽꺽 울음을 삼키느라 아무 대답도 못하는 김지영 씨에게 전화기 너머의 여자가 덧붙였다.

"근데, 세상에는 좋은 남자가 더 많아요."

결국 김지영 씨는 학원을 그만두었고, 이후로도 한동안 어두워진 후에는 정류장 근처에 가지 못했다. 얼굴에서 웃음을 지웠고, 모르는 사람과는 눈도 마주치지 않았다. 남자들이 다 무서웠고, 계단에서 동생과 마주치고는 비명을 지르기도 했다.

그럴 때면 여자의 마지막 말을 떠올렸다. 내 잘못이, 아니다. 세상에는 좋은 남자가 더, 많다. 여자가 그렇게 말해 주지 않았다면 아마도 오랫동안 그 공포에서 벗어나지 못했을 것이다.

상관없을 것 같던 김지영 씨의 집에도 IMF의 영향이 미쳤다. 철밥통이라 믿었던 공무원 사회에 구조 조정 바람이 분 것이다. 감원이니 명퇴니 하는 것들은 금융권이나 대기업의 일인 줄만 알았던 말단 공무원 아버지가 퇴직 권고를 받았다. 동료들은 무조건 버티겠다는 분위기였고, 아버지도 마찬가지였다. 하지만 불안해하셨다. 월급이 많지는 않지만 안정적으로 가족을 부양하고 있다는 것이 아버지의 가장 큰 자부심이었다. 꾸준하게, 성실하게, 예전과 똑같이 아무 실수 없이, 잘못 없이 사는데도 생활에 위협을 받자 아버지는 크게 당황했고 눈에 띄게 흔들렸다.

그때 하필 김은영 씨가 고3이었다. 집안 분위기는 살얼음판이었지만, 김은영 씨는 주변 상황에 영향받지 않고 성적을 잘 유지해 갔다. 성적이 크게 오르지는 않았지만 고3 내내 완만한 상승 곡선을 그리다가 스스로 만족할 수능 성적표를 받았다.

어머니는 큰딸에게 조심스럽게 지방의 한 교대를 권했다. 어머니도 오래 고민한 결과였다. 나이 든 이들은 일자리에서 쫓겨나고 젊은이들은 일자리를 구하지 못하고 있었다. 정년이 보장된 줄 알았던 아버지의 직장이 불안해졌고, 동생은 둘이나 있고, 경기는 계속 안 좋아지고 있었다. 어머니는 김은영 씨 본인을 위해서, 그리고 남은 가족들을 위해서, 큰딸이 안정적인 직장으로의 취업 가능성이 높은 대학에 진학하기를 원했다. 게다가 교대는 등록금까지 저렴하다. 하지만 이미 공무원과 교사가 인기 직종으로 떠오른 후였고, 교대의 커트라인은 치솟을 대로 치솟아 있었다. 김은영 씨의 수능 점수로 충분히 서울에 있는 대학에 들어갈 수 있었지만, 서울에 있는 교대는 불가능했다.

PD가 꿈이었던 김은영 씨는 당연히 언론 관련 학과로 진로를 정했고, 자신의 점수로 갈 수 있는 대학을 추려 지난해 논술자료들을 찾아보고 있었다. 어머니가 교대 얘기를 꺼내자 김은영 씨는 단 1초의 망설임도 없이 싫다고 했다.

"난 선생님 되고 싶지 않아. 내가 하고 싶은 일은 따로 있단 말이야. 그리고 내가 왜 집 떠나 그 먼 대학에 가야 해?"

"멀리 생각해. 여자 직업으로 선생님만 한 게 있는 줄 알아?"

"선생님만 한 게 어떤 건데?"

"일찍 끝나지, 방학 있지, 휴직하기 쉽지. 애 키우면서 다니기에 그만한 직장 없다."

"애 키우면서 다니기에 좋은 직장 맞네. 그럼 누구한테나 좋은 직장이지 왜 여자한테 좋아? 애는 여자 혼자 낳아? 엄마, 아들한테도 그렇게 말할 거야? 막내도 교대 보낼 거야?"

자매는 한 번도 좋은 남자 만나 시집 잘 가야 한다, 좋은 엄마가 되어야 한다, 요리를 잘해야 한다, 같은 얘기를 들어 본 적이 없다. 물론 어려서부터 집안일을 많이 해 오긴 했지만, 그건 바쁜 부모님을 돕고 자기 할 일을 스스로 한다는 의미였지 여자이므로 몸에 익힌다는 의미는 아니었다. 어느 정도 자란 후, 부모님께 들은 잔소리는 크게 두 가지 종류였다. 첫 번째는 생활 습관이나 태도에 관한 것. 허리 펴고 앉아라, 책상 정리 잘해라, 어두운 데서 책 보지 말아라, 책가방 미리 챙겨라, 어른들한테 인사 잘해라…… 그리고 두 번째는 공부하라는 것.

이제 여자니까 공부를 못하거나 덜 배워도 된다고 생각하는 부모는 없는 듯했다. 여자도 똑같이 교복 입고, 가방 메고, 학교에 다니는 것이 당연해진 지 오래고, 여자아이들도 남자아이들과 다름없이 적성을 고민하고, 직업인으로서의 미래를 계획하고, 그에 다가가기 위해 노력하고 경쟁했다. 오히려 여자라고 못할 것이 없다는 사회적 지지와 응원의 목소리가 높아지던 시기였다. 김은영 씨가 스무 살이던 1999년에는 남녀 차별을 금지하는 법안이 제정됐고, 김지영 씨가 스무 살이던 2001년에는 여성부가 출범했다.* 하지만 결정적인 순간이면 '여자'라는 꼬리표가 슬그머니 튀어나와 시선을 가리고, 뻗은 손을 붙잡고, 발걸음을 돌려놓았다. 그래서 더 혼란스럽고 당황스러웠다.

"그리고 내가 결혼을 할지 안 할지, 애를 낳을지 안 낳을지도 모르는데. 아니, 그 전에 죽을지도 모르는데. 왜 일어날지 안 일어날지 모르는 미래의 일에 대비하느라 지금 하고 싶은 걸 못하고 살아야 해?"

어머니는 고개를 돌려 벽에 붙은 세계지도를 물끄러미 보셨다. 모서리가 많이 낡은 지도에는 초록색과 파란색 하트 스티커가 몇 개 붙어 있다. 김은영 씨가 가 보고 싶은 나라에 미리 표시해 놓자며 다이어리 꾸미려고 산 스티커를 김지영 씨에게 준 적이 있었다. 김지영 씨는 미국, 일본, 중국 같은 익숙하고 많이 들어 본 나라에 스티커를 붙였고, 김은영 씨는 덴마크, 스웨덴, 핀란드 같은 북유럽 국가들에 스티커를 붙였다. 왜 거기 가고 싶냐고 묻자 김은영 씨는 한국 사람이 적을 것 같아서, 라고 대답했다. 어머니도 스티커의 의미를 알고 있다.

"그래. 엄마 생각이 틀렸어. 내가 괜한 얘기를 꺼냈네. 논술 준비 잘하자."

어머니가 느리게 고개를 끄덕이며 몸을 돌리려는데 김은영 씨가 엄마, 하고 불러 세웠다.

"혹시 등록금이 싸서 그러는 거야? 진로가 어느 정도 보장

---

* 여성가족부 누리집.

되기 때문이야? 졸업하면 곧바로 돈 벌어 올 수 있어서? 아버지도 요즘 불안한데, 돈 들어갈 동생들이 둘이나 있어서?"

"맞아. 그런 이유도 컸어. 그게 절반 정도고, 여러모로 교사가 정말 좋은 직업이라고 생각하는 게 절반 정도야. 근데 지금은 네 말이 맞다고 생각해."

어머니는 솔직히 대답했고, 김은영 씨는 더 이상 대꾸하지 않았다.

김은영 씨는 초등교육 관련 자료들을 찾아보고, 진학지도 선생님과 여러 차례 상담하고, 직접 지방의 한 교대를 둘러보고는 원서를 사 왔다. 이번에는 되레 어머니가 만류했다. 가족과 형제들을 위해 자신의 꿈을 포기한 경험이 있는 어머니는 그 마음을 누구보다 잘 알았다. 어느 순간부터 어머니는 외삼촌들과 거의 왕래하지 않는다. 충분히 각오하고 스스로 선택하지 않은 희생에 대한 후회와 원망은 깊고 길었고, 결국 그 응어리가 가족 관계를 망쳤다.

김은영 씨는 그런 게 아니라고 했다. 생각해 보니 PD라는 직업에 대해 막연한 동경을 가지고 있을 뿐, 정확히 어떤 일을 하는지도 모르고 있더란다. 사실 어려서부터 동생들을 앉혀 놓고 책을 읽어 주고, 숙제를 도와주고, 함께 무언가 만들고 그리는 것을 좋아했다며 아무래도 자신의 적성은 PD보다 교사 쪽인 것 같다고 했다.

"엄마 말대로 좋은 직업이더라고. 일찍 퇴근하지, 방학 있지, 안정적이지. 무엇보다 마늘쫑처럼 싱그러운 아이들한테 조곤조곤 뭔가를 가르친다는 게 얼마나 멋져. 물론 소리 지를 때가 더 많겠지만."

김은영 씨는 다녀왔던 교대에 원서를 냈고, 합격했다. 기숙사에도 합격했다. 스무 살, 들뜬 마음을 감추지 못하는 딸 앞에 간단한 살림살이들과 귀에 들어오지도 않는 당부들을 늘어놓고 돌아온 어머니는 김은영 씨의 빈 책상에 엎드려 한참을 울었다. 그래도 아직 어린애인데 집에서 내보내는 게 아니었다고, 정말 가고 싶은 학교에 가도록 두었어야 했다고, 나처럼 만들지 말아야 했다고. 딸이 안쓰러운 건지 어린 시절의 자신이 안쓰러운 건지 알 수 없었다. 김지영 씨가 어머니께 할 수 있는 위로는 하나뿐이었다.

"언니 진짜로 교대 가고 싶어 했어. 맨날 학교 브로셔 끌어안고 자고 그랬어. 이거 봐, 완전 너덜너덜해졌잖아."

접힌 부분이 날긋날긋 닳아 찢어지기 시작한 브로셔를 이리저리 넘겨 보고서야 어머니는 겨우 눈물을 멈추었다.

"진짜네."

"엄마는 20년이나 키워 놓고 언니를 그렇게 몰라? 언니가 하기 싫은 일을 할 사람으로 보여? 정말 자기가 좋아서 결정한 거야. 그러니까 그렇게 속상해할 거 없어."

어머니는 한결 밝아진 얼굴과 가벼운 발걸음으로 방에서 나갔다. 혼자 남게 되자 김지영 씨는 언니가 없는 방이 어색하고 허전하고 너무 좋아서 천장 정도까지는 진짜 날아오를 수 있을 것 같았다. 바닥을 데굴데굴 구르며 환호성을 질렀다. 혼자만의 방을 가지는 건 처음이었다. 당장 언니의 책상을 빼 버리고 침대를 놓아야겠다고 생각했다. 늘 침대가 갖고 싶었다.

김은영 씨의 대학 진학은 모든 가족에게 성공적인 일이었다.

아버지는 결국 명예퇴직을 선택하셨다. 남은 인생은 길고, 세상은 너무 많이 변했고, 자리마다 PC가 놓였지만 수기(手技) 세대인 아버지는 여전히 검지로만 자판을 쳤다. 이미 연금을 받을 수 있는 근속 연수를 채웠고, 지금은 퇴직금도 많이 받을 수 있으니 더 늦기 전에 제2의 인생을 시작하겠다고 선언했다.

아무리 그렇다고 해도 자식 하나는 이제 막 대학에 들어갔고, 돈 들어갈 일이 끝도 없는 어린 자식이 둘이나 더 있는 사람이 직장을 그만둔 것은 세상 물정 모르는 김지영 씨의 생각에도 위태로운 판단이었다. 김지영 씨는 왠지 불안했는데 어머니는 그런 아버지를 나무라지도, 걱정하지도, 뜯어 말리지도 않았다.

퇴직금을 받은 아버지는 사업을 하겠다고 했다. 같이 퇴직하는 동료가 동창들과 함께 중국과 뭔가 무역 같은 걸 하려는데 동업하자고 제안한 것이다. 아버지는 퇴직금 대부분을 투자하겠다고 했고, 이번에는 어머니가 극구 반대했다.

"그동안 힘들게 일해서 다섯 식구 먹여 살리느라 고생했어. 고마워. 그러니까 이제 놀아. 차라리 놀라고. 중국의 중, 자도 꺼내지 마. 투자하는 순간 이혼이야."

애정 표현을 많이 하지는 않지만 1년에 한 번은 꼭 단둘이 여행을 가고, 종종 밤에 나가 심야 영화를 보거나 술을 한잔씩 마시고 들어왔다. 자식들 앞에서 크게 싸운 적도 없다. 집안에 큰 결정이 필요한 순간마다 어머니는 조심스럽게 의견을 전하고, 아버지는 대부분 그 의견을 따랐다. 결혼 생활 20여 년 만에 아버지의 뜻대로 밀어붙인 첫 번째가 퇴직이었고, 여세를 몰아 사업을 시작하려고 했고, 아버지와 어머니 사이에는 감당하기 힘든 균열이 생겼다.

두 사람 사이에 여전히 냉랭한 기운이 남아 있던 어느 날, 외출 준비를 하던 아버지가 옷장을 살피며, 저기 그거 어딨지? 했다. 어머니가 서랍에서 남색 카디건을 꺼내 주었다. 또 그거, 그거 어딨지? 하자 검은색 양말을 찾아 주고, 또 그거 좀 줘 봐, 하자 손목시계를 채워 주며 말했다.

"당신보다 당신 속을 더 잘 아는 게 나야. 당신이 잘할 수 있는 일은 따로 있으니까 이제 중국 타령 그만해."

아버지는 그렇게 중국 사업을 포기하셨고, 장사를 하겠다고 했다. 어머니는 투자 목적으로 전세를 끼고 사 두었던 아파트를 제법 이익을 남겨 팔고 아버지의 퇴직금을 더해 신축 주상 복합 빌딩 1층의 한 미분양 상가를 매입했다. 대로변도 아니고 어정쩡한 위치에 비해 매입가가 결코 낮지 않았는데 어머니는 투자 가치가 있다고 판단한 듯했다. 주변의 낡은 주택가들이 아파트 단지로 변하는 중이었고, 어차피 장사를 하려면 가게는 필요한 거고, 매달 임대료를 내거나 기존 점포를 권리금까지 주고 거래하는 것보다는 미분양 상가가 유리하다고 생각한 것이다.

첫 번째 장사는 찜닭이었다. 프랜차이즈 찜닭집이 대유행을 했고, 아버지의 가게도 처음에는 줄 서서 먹을 정도로 장사가 잘됐다. 그러나 인기는 오래가지 않았다. 손해를 본 것은 아니지만 그렇다고 이익을 남기지도 못한 채 첫 장사를 접고, 다음으로 치킨집을 시작했다. 말이 치킨집이지 술집이었다. 나인 투 식스 근무 리듬에 맞춰진 아버지의 몸은 밤샘 업무로 급속히 노쇠해 갔다. 이번에는 건강상의 이유로 급히 장사를 접었다. 그리고 프랜차이즈 빵집을 시작했는데, 곧 비슷한 빵집이 주변에 마구 들어섰고, 심지어 길 건너에 아버지가 하는 가게와 같은 프랜차이즈 매장도 생겨났다. 다 비슷비슷하게 장사가 안 되다가 한두 곳씩 간판을 내리기 시작했다. 임대료 부담이 없는 아버지는 그래도 좀 버틴 편이었는데, 근처에 대규모 카페 겸 베이커리가 들어오면서 실패를 인정해야 했다.

김지영 씨가 고3일 때에도 언니가 고3일 때와 마찬가지로 집안 분위기가 말이 아니었다. 어머니와 아버지는 어떻게든 살아남아 자식들의 미래를 책임지기 위해 동분서주하느라 정작 자식들의 현재를 건사하지 못했다. 김지영 씨는 동생과 자신의 교복을 빨고, 다리고, 종종 도시락도 싸고, 겉도는 동생을 다잡아 공부를 시키며 자기 공부까지 하면서 고3 시절을 보냈다.

문득 힘들고 지쳐서 다 놓고 싶어질 때도 있었는데, 언니는 대학만 가면 살도 빠지고 남자 친구도 생긴다는 뻔한 말로 김지영 씨를 독려했다. 실제로 언니는 살도 많이 빠지고, 남자 친구도 생겨서 김지영 씨에게 큰 자극이 되었다.

정작 수능 시험을 무사히 치르고 나니, 김지영 씨는 부모님이 자신의 등록금을 감당할 수 있을까 싶었다. 김지영 씨와 동생의 저녁을 챙기기 위해 잠시 집에 들어온 어머니에게 넌지시 가게 매출과 아버지 건강과 은행 잔고를 걱정하는 말을 흘렸다. 어머니가 눈물이라도 펑펑 쏟으며 주저앉아 버리거나, 말이 나왔으니 말인데 등록금은 알아서 해결해라, 할까 봐 사실 조금은 불안했다. 어머니는 김지영 씨의 불안감을 단 한 마디로 잠재웠다.

"일단 붙고 나서 걱정해."

김지영 씨는 서울 소재의 한 대학 인문학부에 합격했다. 가족 누구도 김지영 씨의 진로에 관여할 여력이 없었기에 오로지 김지영 씨 혼자 고민하고 준비한 결과였다. 일단 붙고 났으니 김지영 씨는 다시 등록금을 걱정했다. 어머니는 1년치는 있다고 아주 솔직히 대답했다.

"1년 후에도 이 모양이면 집을 팔든, 가게를 팔든 할 거니까, 사실 1년 후도 걱정할 필요는 없고."

고등학교 졸업식 날, 김지영 씨는 처음으로 취하도록 술을 마셨다. 언니가 김지영 씨와 친구들 두 명을 데리고 나가서 소주를 사 주었는데, 처음 마시는 소주가 의외로 달고 맛있어 홀짝홀짝 계속 마시다가 뻗어 버렸다. 언니가 김지영 씨를 거의 업다시피 끌고 집에 왔다. 부모님은 언니에게만 좋은 거 가르쳤다, 할 뿐 김지영 씨에게는 별말 없었다.

# 2001년~2011년

김지영 씨는 대학에 가면 공부를 열심히 해서 장학금을 받아야겠다고 다짐했지만 어림없는 생각이었다. 첫 학기부터 2점대 초반의 학점을 받았는데, 심지어 출석 다 하고, 과제 다 내고, 공부도 열심히 한 결과였다. 중고등학교 때는 비교적 상위권 성적을 유지했고, 시험을 망쳤다가도 정신 차리고 바짝 공부하면 다음 시험에서는 다시 성적을 올려 놓을 수 있었다. 그런데 대학은 비슷한 성적의 아이들이 모여 있으니 그 안에서 뛰어오르기가 어려웠다. 교재의 이해를 돕는 참고서와 시험 유형을 파악할 기출 문제지도 없으니 어떻게 공부를 해야 할지 도무지 알 수가 없었다.

먹고대학생이니 하는 말들도 다 옛말이었다. 술이나 먹고 다니면서 아예 내려놓고 노는 학생은 없었다. 대부분 열심히 학점 관리하고, 영어 공부하고, 인턴에 공모전에 아르바이트까지 하느라 바빴다. 김지영 씨는 언니에게 대학가에 낭만이 사라진 것 같다고 말했다가 미쳤구나, 라는 대답을 들었다.

친구들은 중고등학교 때 아버지의 사업이 망했다거나 조기 퇴직 당했다는 이야기를 흔하게 했다. 여전히 경기는 불황이었고 친구들의 알바도, 그 부모의 직장도 변변치 못한 와중에 IMF 때 동결되었던 등록금은 만회라도 하려는 듯 쑥쑥 올랐다. 2000년대에 대학 등록금은 물가 상승률보다 배 이상 올랐다.*

---

* 「심상찮은 등록금 투쟁」, 《연합뉴스》, 2011. 4. 6.

대학에서 가장 먼저 친해진 친구는 1학년을 마치고 휴학했다. 친구의 집은 고속버스로 3시간쯤 가야 하는 곳인데, 그저 부모님 그늘에서 벗어나고 싶은 마음에 악착같이 서울로 진학했다고 했다. 말하지 않아서 속사정은 잘 모르지만 부모님께 경제적인 지원을 거의 받지 않는 것 같았다. 친구는 아무리 아르바이트를 해도 등록금, 교재비, 하숙비, 생활비까지 감당할 수가 없다고 했다.

"오후에 논술 학원 갔다가, 밤에 카페 알바 하고, 하숙집에 와서 좀 씻고 하면 벌써 2시야. 그때부터 논술 수업 준비 하거나 애들 과제 첨삭하거나 그러다가 눈 붙이고. 공강 때는 너도 알다시피 나 근로하잖아. 솔직히 너무 피곤해서 강의 시간엔 계속 졸아. 대학 다닐 돈을 버느라 대학 생활은 엉망이야. 학점도, 휴, 진짜 거지 같아."

고향에 내려가 1년만 돈을 벌겠다고 했다. 돈 말고는 어떤 것도 위로나 격려가 되지 않을 것 같아 김지영 씨는 친구의 말을 가만히 듣고만 있었다. 160센티미터가 조금 넘는 친구는 대학에 와서 12킬로그램이 빠져 몸무게가 간신히 40킬로그램을 넘는다고 했다. 대학 가면 살 빠진다더니, 하고는 무슨 대단한 농담이나 한 것처럼 손뼉을 치면서 웃었다. 회색 재킷은 소맷부리의 고무단이 휑하니 늘어나 있었고, 그 커다란 구멍으로 빠져나온 마른 손목에 손목뼈가 도드라져 보였다.

부모님 집에서 살면서, 학자금 대출을 받지 않아도 되고, 일주일에 네 시간만 어머니가 구해 준 과외 아르바이트를 하는 김지영 씨의 대학 생활은 무척 윤택한 편이었다. 성적은 안 좋았지만 전공 공부는 재밌었고, 아직 구체적으로 졸업 후의 진로에 대해 떠오르는 바가 없어서 취업에 도움이 될 것 같지 않은 과내 학회와 여러 교내 동아리에도 폭넓게 기웃거렸다. 동전을 넣으면 곧바로 음료가 나오는 자판기식의 성과는 없었지만 그 활동들이 전혀 무의미했던 것은 아니다. 생각할 기회가 없고, 의견이 없고, 늘 말도 없어서 스스로를 내성적인 사람이라고 믿었던 김지영 씨는 자신이 의외로 사람들을 좋아하고, 어울리기 좋아하고, 남 앞에 드러나는 일을 좋아한다는 사실을 깨달았다. 그리고 등산 동아리에서 첫 번째 남자 친구도 사귀었다.

체육교육을 전공하는 동갑내기 친구였고, 산행 때마다 뒤처지는 김지영 씨를 도와주라고 선배들이 두 사람을 파트너로 묶어 주는 바람에 같이 다니다가 어찌어찌 가까워졌다. 김지영 씨는 남자 친구 덕분에 태어나 처음으로 야구장도 가 보고 축구장도 가 봤다. 경기 내용을 다 이해하진 못했지만, 현장의 열기 때문인지 남자 친구가 좋아서였는지 관람은 즐거웠다. 스포츠에 완전 문외한인 김지영 씨를 위해 남자 친구는 경기 시작 전에 주요 선수와 중요한 룰에 대해 간단히 알려 줬고 경기 도중에는 둘 다 경기에만 집중했다. 김지영 씨는 왜 경기를 보면서 바로바로 설명해 주지 않느냐고 물었다.

"너도 영화 볼 때 나한테 대사 한마디 한마디, 장면 하나하나 다 설명하지 않잖아. 경기 중에 계속 여자한테 설명하는 남자들, 뭐랄까, 거들먹거리는 거 같달까. 경기 보러 온 건지 아는 척하러 온 건지 모르겠어. 하여튼 좀 별로야."

교내 영화 동아리에서 하는 무료 상영관에도 자주 갔는데, 영화 선택은 전적으로 김지영 씨의 몫이었다. 남자 친구는 공포 영화도, 멜로 영화도, 시대극도, SF도 다 좋아했다. 영화를 보면서 김지영 씨보다 더 많이 웃었고, 더 잘 울었다. 남자 배우가 멋있다고 하면 질투했고, 김지영 씨가 좋아했던 영화들을 기억해 뒀다가 OST를 모아 CD로 구워 주기도 했다.

거의 학교 안에서 만났다. 도서관에서 같이 공부하고, PC실에서 같이 숙제하고, 별일 없이 운동장 계단에 같이 앉아 있었다. 학생식당에서 밥을 사 먹고, 학생회관 건물에 새로 생긴 편의점에서 간식을 사 먹고, 그 옆 커피전문점에서 커피를 마셨다. 가끔 특별한 날에는 둘이 돈을 모아 학생에게는 부담스러운 고급 일식집이나 레스토랑에 가기도 했다. 남자 친구는 김지영 씨가 어릴 적 봤던 만화나 베스트셀러 소설이나 인기 있는 드라마 내용을 이야기해 주면 재밌어했고, 줄넘기라도 좋으니 운동 좀 하라고 잔소리했다.

어머니는 가게 맞은편 신축 건물에 입원실을 갖춘 소아과 병원이 들어선다는 정보를 입수했다. 다시는 프랜차이즈에 돈 퍼다 주는 짓은 안 한다던 아버지를 설득해 프랜차이즈 죽집을 열었고, 길 건너 상가에는 진짜 2층부터 8층까지 어린이 병원이 들어왔다. 다행히 병원 밥이 맛없는지 죽을 포장해 가는 부모들이 많았고, 병원 오가는 길에 끼니를 해결하는 가족도 많았다. 그사이 주변 단지의 입주가 완료되었는데, 젊은 부모들에게 외식은 일상인 듯했다. 평일에도 온 가족이 나와 저녁밥을 사 먹는 모습이 흔했고, 어린아이들이 있는 가족은 메뉴 선택의 폭이 넓지 않아 죽집의 단골손님이 되었다. 수입은 아버지 퇴직 전과는 비교가 안 되게 많아졌다.

알고 보니 어머니는 상가 근처 대단지의 42평 아파트를 분양 받아 놓은 상태였다. 그동안 대출받아 중도금을 치러 왔는데, 죽집이 자리를 잘 잡은 덕분에 무사히 중도금도 다 갚고 살고 있던 빌라를 팔아 잔금도 치르고, 졸업 후 다시 서울로 올라온 김은영 씨와 함께 온 가족이 새 아파트로 이사했다. 김은영 씨는 지역 가산점을 포기하고 서울에서 임용고시를 쳐서 합격했다.

오랜만에 예전 동료들을 만나 늦도록 술을 마시고 기분 좋게 취해서 들어온 아버지가 거실이 쩌렁쩌렁 울리도록 삼 남매

이름을 부르며 잠을 깨웠다. 이어폰을 꽂고 음악을 듣느라 아버지가 오신 줄 몰랐던 막내와 잠들어 있던 자매가 뒤늦게 나와 인사했고, 아버지는 지갑을 꺼내 집히는 대로 돈과 카드를 자식들의 손에 쥐어 주었다. 하품을 하며 방에서 나온 어머니는 왜 안 하던 짓을 해서 식구들을 다 깨우느냐고 아버지를 타박했다.

"오늘 딱 나가 보니까, 내가 제일 괜찮더라, 이거야. 이 정도면 내 인생 성공했다! 고생했다! 그동안 잘 살았다!"

중국과 무역을 하겠다던 동료는 퇴직금을 몽땅 날렸고, 여전히 공무원인 동료도, 아버지처럼 퇴직 후 개인 사업을 하는 동료도 수입이 고만고만하더란다. 아버지가 벌이도 가장 좋고 집도 가장 넓었다. 게다가 딸 하나는 선생님이고, 또 하나는 서울에 있는 대학 다니고, 마지막으로 든든한 아들까지 두었다며 다들 부러워했다고 한다. 아버지가 한껏 어깨를 뒤로 젖히고 스스로를 자랑스러워하자 어머니가 팔짱을 끼며 비웃었다.

"죽집도 내가 하자고 했고, 아파트도 내가 샀어. 애들은 지들이 알아서 잘 큰 거고. 당신 인생 이 정도면 성공한 건 맞는데, 그거 다 당신 공 아니니까 나랑 애들한테 잘하서. 술 냄새 나니까 오늘은 거실에서 자고."

"그럼, 그럼! 절반은 당신 공이지! 받들어 모시겠습니다, 오미숙 여사님!"

"절반 좋아하네. 못해도 7대 3이거든? 내가 7, 당신이 3."

어머니는 다시 길게 하품을 하며 베개와 이불을 거실에 던져 줬고, 아버지는 하나뿐인 아들에게 같이 자자고 했지만 아들도 술 냄새가 난다고 거절했다. 그래도 아버지는 기분 좋은지 씻지도 않은 채 이불을 돌돌 말고 거실 한가운데 쓰러지듯 누웠고 곧 코를 골았다.

김지영 씨의 남자 친구는 2학년을 마치고 입대했다. 김지영 씨는 남자 친구 부모님께 인사도 드리고, 훈련소까지 가서 울고불고했는데, 채 몇 달 지나지 않아 견딜 수 없을 정도로 외로워졌다. 봉투가 터질 정도로 편지를 써서 보내다가도 괜히 화가 나서 전화를 받지 않기도 했다. 늘 온화하고 여유롭던 남자 친구는 김지영 씨의 작은 변화나 무신경에도 빡빡하게 감긴 태엽이 순식간에 풀리는 것처럼 종종거리며 어쩔 줄 몰라 했다. 인생에서 가장 중요한 시간을 아무것도 못하고 흘려보내고 있다는 생각에 우울했다가, 불안했다가, 화를 냈다. 오랜만에 휴가를 나와도 만나는 순간만 서로 애틋하고 휴가 기간 내내 싸웠다.

결국 김지영 씨가 먼저 헤어지자고 말했다. 남자 친구는 알았다고 의외로 담담하게 돌아서 놓고는 휴가 나올 때마다 밤이면 술에 취해 수백 통씩 전화를 걸었고, 새벽마다 자니, 라고 문자를 보냈고, 밤 사이 죽집 앞에 산더미같이 오바이트를 해놓고는 그 옆에서 쪼그려 자기도 했다. 상가에는 죽집 둘째 딸내미가 고무신을 거꾸로 신어서 남자 친구 군인이 탈영해 해코지하러 왔더랬다고 소문이 났다.

동아리에 나가기도 조금 어색했지만 종종 들러 여자 후배들을 챙겼다. 남학생들이 많은 동아리였고, 여학생들은 잘 적응하지 못하고 몇 번 얼굴을 비추다 마는 경우가 많았다. 김지영 씨가 처음 동아리에 마음을 붙이게 된 것도 차승연 씨가 챙겨준 덕분이듯이 자신도 좋은 언니가 되고 싶었다.

남학생들은 여학생들에게 꽃이니 홍일점이니 하면서 떠받드는 듯 말하곤 했다. 아무리 괜찮다고 해도 여학생에게는 짐도 들지 못하게 했고, 점심 메뉴도, 뒷풀이 장소도 여학생들이 편한 곳으로 정하라고 했고, 엠티를 가면 단 한 명뿐이라도 여학생에게 더 크고 좋은 방을 배정했다. 그래 놓고는 역시 무던

하고, 힘 잘 쓰고, 같이 편하게 뒹굴 수 있는 남자들 덕분에 동아리가 굴러간다고 자기들끼리 으쌰으쌰했다. 회장도, 부회장도, 총무도 다 남자들이 했고, 여대와 조인트 행사를 열기도 했고, 알고 보니 남자들만의 졸업생 모임도 따로 있었다. 차승연 씨는 항상 특별 대우 같은 건 필요 없으니 여학생들도 똑같이 일 시키고 기회도 똑같이 달라고, 점심 메뉴 선택 같은 것 말고 회장을 시켜 달라고 말했다. 그러면 대부분 대충 웃으며 그래그래, 하고 넘겼는데 9년 동안 가장 열심히 동아리에 나오고 있는 박사 과정 남자 선배 하나가 매번 같은 대답을 했다.

"내가 몇 번을 말하니? 여자는 힘들어서 못해요. 너희는 그냥 동아리에 있어 주는 것만으로 우리한테 힘이 되는 거야."

"저 선배한테 힘 돼 주려고 나오는 거 아니거든요? 기운 없으면 보약 한 재 해 드시든가. 내가 진짜 다 때려치우고 싶지만 악착같이 나와서 여자 회장 꼭 보고 말 거야."

차승연 씨가 졸업할 때까지 여자 회장은 없었는데, 후에 차승연 씨와 정확히 10학번 차이 나는 여자 후배가 회장이 되었다는 소식을 전해 들었다. 차승연 씨는 오히려 담담하게, 10년이면 강산이 변하긴 하는구나, 했다.

차승연 씨만큼은 아니지만 그래도 꾸준히 활동하던 김지영 씨가 동아리에 발길을 뚝 끊은 것은 3학년 가을 엠티 이후였다. 가까운 자연 휴양림에 숙소를 잡아 놓고, 다 함께 가벼운 산행을 한 후로는 삼삼오오 모여서 게임도 하고 족구도 하고 술 마실 사람은 술을 마셨다. 김지영 씨는 감기 기운이 있는지 몸이 으슬으슬 추워서 신입생들이 난방을 켜 놓고 카드 게임을 하는 방에 찾아가 침구 더미 사이에 이불을 머리끝까지 뒤집어 쓰고 들어갔다. 바닥은 뜨끈했고, 긴장했던 몸이 녹으면서 늘어졌고, 후배들의 웃음소리와 이야기 소리가 섞여 웅웅 울리며 꿈처럼 몽롱하게 들려왔다. 그러다 깜빡 잠이 든 것 같은데 어디선가 자신의 이름이 들렸다.

"김지영 이제 걔랑 완전히 끝난 것 같던데?"

예전부터 김지영한테 관심 있지 않았느냐, 관심 있는 정도가 아니었다, 잘해 봐라, 우리가 도와주겠다, 하는 여러 목소리들이 계속 들렸다. 처음에는 꿈인가 했는데 곧 정신이 들면서 방 안에 있는 무리가 누군지 짐작할 수 있었다. 밖에서 술을 마시던 복학생 선배들이었다. 김지영 씨는 이제 잠도 완전히 깼고 좀 덥기도 했는데 본인 얘기를 하는 사람들이 있으니 이불을 걷고 나갈 수가 없었다. 본의 아니게 민망한 대화를 엿듣고 있는데 익숙한 목소리가 말했다.

"아, 됐어. 씹다 버린 껌을 누가 씹냐?"

술 마시는 것을 좋아하지만 남에게 억지로 권하지는 않고, 후배들에게 밥을 잘 사 주지만 되도록 함께 먹지는 않는 선배였다. 태도가 단정하고 깔끔해서 김지영 씨도 항상 좋게 생각하고 있었다. 설마설마 싶어서 귀를 쫑긋 세우고 더 유심히 들었는데, 아무래도 그 선배의 목소리가 맞았다. 취했을 수도 있고, 쑥스러운 것일 수도 있고, 친구들이 괜한 짓을 할까 봐 더 과격하게 말했을 수도 있다. 여러 가지 가능성을 생각했지만 그렇다고 김지영 씨의 처참한 기분이 나아지지는 않았다. 일상에서 대체로 합리적이고 멀쩡한 태도를 유지하는 남자도, 심지어 자신이 호감을 가지고 있었던 여성에 대해서도, 저렇게 막말을 하는구나. 나는, 씹다 버린 껌이구나.

온몸이 땀으로 뒤범벅이 되고 숨도 막혔는데 그냥 계속 이불을 뒤집어쓰고 있어야 했다. 오히려 김지영 씨가 죄라도 지은 사람처럼 자신의 존재를 들킬까 조마조마했다. 한참 후 선배들이 나가는 소리가 들리고 주위가 조용해져서야 한증막 같은 이불 속에서 나와 여자 방으로 옮길 수 있었다.

밤새 뒤척였다. 다음 날 아침, 김지영 씨는 숙소 근처를 산

책하다가 그 선배와 마주쳤다.

"눈이 충혈됐네? 잘 못 잤어?"

선배는 평소와 똑같이 다정하고 차분히 물었다. 껌이 무슨 잠을 자겠어요, 라고 대답하고 싶었지만 김지영 씨는 입을 다물어 버렸다.

3학년 겨울방학이 되면서 김지영 씨도 본격적으로 취업 준비를 시작했다. 그동안 1학년 때 망쳤던 과목들은 재수강해서 학점을 보완했고, 토익 점수도 차근차근 올리고 있었지만 그것만으로는 불안했다. 김지영 씨는 홍보와 마케팅 쪽으로 진로를 정해 놓고 인턴이나 공모전을 알아보고 있었는데, 관련이 없는 전공을 하고 있으니 학과 사무실을 통해서 도움을 받기는 힘들었다.

뭔가를 배우겠다는 생각보다는 인맥을 만들겠다는 마음으로 방학 동안 문화센터에서 관련 강좌를 들었다. 다행히도 거기서 만난 몇 명과 마음이 잘 맞아 말하자면 스터디 그룹 같은 것을 만들었다. 처음에는 세 명으로 시작해 멤버가 친구를 데려오고, 또 친구를 데려오고, 그러다가 누구는 나가고, 해서 일곱 명으로 자리를 잡았다. 김지영 씨와 같은 학교 경영학과 여학생도 있었다. 이름은 윤혜진. 학번은 같지만 재수를 해서 나이는 한 살 많았고, 윤혜진 씨가 원해서 서로 반말을 하고 이름을 불렀다.

그 멤버들과 취업 정보도 공유하고 이력서와 자기소개서도 같이 썼다. 기업의 모니터 요원이나 대학생 서포터즈 활동에 참여했고, 인턴사원에도 지원했고, 김지영 씨와 윤혜진 씨는 팀을 이루어 여러 공모전에 도전했는데 작은 지자체 공모나 대학생 대회에서 몇 번 입상하기도 했다.

본격적으로 원서를 내고 면접을 다니지 않던 때까지만 해도 김지영 씨는 크게 걱정하지 않았다. 경영 철학이 자신과 잘 맞고, 하고 싶은 일을 할 수 있는 곳이라면 꼭 대기업이 아니라도 상관없다고 생각했기 때문이다. 윤혜진 씨는 좀 비관적이었다. 김지영 씨보다 학점도 높고, 토익 점수도 높고, 컴퓨터 활용 능력이며 워드프로세서 같은 취업 필수 자격증들도 있고, 솔직히 기업에서 더 선호하는 전공인데도 대기업은커녕 월급은 제때 나올까 의심스러운 곳에도 취직하기 어려울 거라고 했다.

"왜?"

"우린 스카이가 아니니까."

"취업 설명회 때 오는 선배들 봐. 우리 학교에서도 괜찮은 회사 많이 가."

"그 선배들 거의 남자잖아. 너 여자 선배 몇 명이나 본 것 같아?"

김지영 씨는 번쩍, 하고 눈 하나가 더 떠지는 기분이었다. 그러고 보니 정말 그랬다. 4학년이 되면서 웬만한 취업 설명회나 선배와의 만남 자리는 빠지지 않았는데, 적어도 김지영 씨가 갔던 행사장에 여자 선배는 없었다. 김지영 씨가 졸업하던 2005년, 한 취업 정보 사이트에서 100여 개 기업을 조사한 결과 여성 채용 비율은 29.6퍼센트였다. 겨우 그 수치를 두고도 여풍이 거세다고들 했다.* 같은 해 50개 대기업 인사 담당자 설문 조사에서는 '비슷한 조건이라면 남성 지원자를 선호한다'는 대답이 44퍼센트였고 '여성을 선호한다'는 사람은 한 명도 없었다.**

윤혜진 씨의 말로는 경영학과의 경우, 학과나 교수를 통해서 비공식 채용 의뢰가 간간이 들어오기도 하는데 추천을 받

---

* 「키워드로 본 2005 취업 시장」, 《동아일보》, 2005. 12. 14.
** 「신입 사원 채용 시 외모, 성차별 여전」, 《연합뉴스》, 2005. 7. 11.

는 학생은 다 남자란다. 워낙 조용히 진행되는 일이라 누가, 어떤 기업에, 어떤 이유로 선발됐는지도 정확히 알 수 없고, 학교에서 남학생을 추천한 것인지 기업에서 남학생을 원한 것인지도 알 수 없다고 했다. 그러면서 몇 년 전에 졸업한 한 여자 선배 이야기를 해 주었다.

그 여자 선배는 내내 단과대 수석이었고, 외국어 점수도 높고, 수상 이력, 인턴 경력, 자격증, 동아리와 봉사 활동까지 어느 하나 빠지는 것 없는 스펙이었다고 한다. 선배가 꼭 가고 싶던 기업이 있었는데, 학과로 들어온 취업 추천에 남학생들만 네 명이 선발되어 면접을 봤다는 사실을 뒤늦게 알게 되었다. 면접에서 떨어진 학생이 푸념하듯 털어놓은 것이다. 선배는 추천 기준을 알려 달라고, 납득할 이유가 없으면 공개적으로 문제 삼겠다고 지도 교수에게 강하게 항의했는데, 몇 명의 교수를 거쳐 학과장 면담까지 하게 되었다. 그 과정에서 교수들은, 기업에서 남학생을 원하는 뉘앙스였다, 군대를 갔다 온 것에 대한 보상이다, 남학생들은 앞으로 한 가정의 가장이 될 것이기 때문이다, 등의 선배로서는 이해할 수 없는 해명을 내놓았다. 그중에서도 가장 절망적인 것은 학과장의 대답이었다.

"여자가 너무 똑똑하면 회사에서도 부담스러워 해. 지금도 봐, 학생이 얼마나 부담스러운 줄 알아?"

어쩌라고? 부족하면 부족해서 안 되고, 잘나면 잘나서 안 되고, 그 가운데면 또 어중간해서 안 된다고 하려나? 싸움이 의미 없다고 생각한 선배는 항의를 멈추었고, 연말에 치러진 공채에 합격했다.

"우아, 멋지다. 그래서 지금 회사 잘 다닌대?"

"아니. 6개월인가 다니다 그만뒀대."

어느 날 문득 사무실을 둘러보았는데 부장급 이상으로는 여자가 거의 없더란다. 구내식당에서 점심을 먹다가 임신부가 보이기에 이 회사는 육아휴직이 몇 년이냐고 물었더니 같은 테이블에서 밥을 먹던 과장부터 사원까지 다섯 명 모두 본 적이 없어서 모르겠다고 대답했단다. 10년 후 자신의 모습이 그려지지 않았고, 고민 끝에 사직서를 냈고, 이래서 여자는 안 된다는 비아냥이 돌아왔다. 선배는 여자를 자꾸 안 되게 만드니까 이러는 거라고 대답했다.

출산한 여성 근로자가 육아휴직을 사용하는 비율은 2003년에 20퍼센트를, 2009년에야 절반을 넘었고, 여전히 열 명 중 네 명은 육아휴직 없이 일하고 있다.* 물론 그 이전, 결혼과 임신과 출산 과정에서 이미 직장을 그만두어 육아휴직 통계 표본에도 들어가지 못한 여성들도 많다. 또 2006년에 10.22퍼센트던 여성 관리자의 비율은 꾸준히 그러나 근소하게 증가해 2014년에 18.37퍼센트가 되었다. 아직 열 명 중 두 명도 되지 않는다.**

"그래서 그 선배 지금은 뭐해?"

"작년에 사시 패스했어. 몇 년 만에 사시 합격자 나왔다고 난리였잖아. 현수막도 붙었는데, 봤어?"

"아, 그래. 기억난다. 그때도 대단하다 싶었는데."

"우리 학교도 웃기지? 너무 똑똑해서 부담스럽다고 할 때는 언제고, 학교 지원 하나 없이 혼자 준비해서 합격하고 나니까 자랑스러운 동문 타령이야."

김지영 씨는 안개가 잔뜩 낀 좁은 골목길에 서 있는 기분이었고, 기업들이 하반기 공채를 시작하자 안개는 빗줄기가 되어 맨살 위로 쏟아져 내렸다.

---

* 윤정혜, 「육아휴직제도 활용 현황과 시사점」『고용 동향 브리프 2015. 7.』
** 『2015 고용 노동 백서』, 노동부, 83~84쪽.

김지영 씨는 식품 회사에 들어가고 싶었지만 어느 정도 규모가 있는 기업이라면 일단 분야를 가리지 않고 원서를 냈다. 지원한 43개 회사 중 단 한 곳의 서류 전형도 통과하지 못했다. 이후로는 조금 규모가 작더라도 내실 있고 꾸준하다 싶은 회사 18곳에 원서를 냈지만 이번에도 모두 서류 전형에서 떨어졌다. 윤혜진 씨는 종종 적성검사나 면접에 가기도 했지만 최종 합격하지는 못했다. 다음부터 두 사람은 공고가 나기만 하면 무조건 원서를 냈고, 김지영 씨는 실수로 회사 이름을 안 바꾸고 자기소개서를 보냈는데, 처음으로 서류 전형에 합격했다.

　면접에 오라고 연락이 와서야 김지영 씨는 회사에 대해 찾아보았다. 완구와 학용품, 생활 소품들을 만드는 회사인데 최근 연예기획사들과 함께 연예인을 캐릭터화한 제품을 팔면서 크게 성장했다. 별것도 아닌 인형이며 다이어리, 머그컵 같은 것들을 고가로 팔고 있었다. 한마디로 어린애들 주머니 털어 돈 버는 회사인가. 김지영 씨는 마음이 약간 복잡해졌다. 처음에는 그다지 내키지 않았는데 면접 날짜가 다가오자 조금씩 호감이 생겼고 나중에는 정말 간절해졌다.

　면접 전날 밤늦게까지 언니와 예상 질문을 가지고 실전 연습을 했다. 1시가 넘어서야 수분 크림을 듬뿍 바르고 누웠는데 잠이 오지 않았다. 얼굴에 두껍게 덮인 크림이 이불에 묻을까 봐 마음대로 뒤척이지도 못하고 꼿꼿하게 누워 눈만 껌뻑이다가 새벽녘에야 설핏 잠이 들었다. 결말이 없는 많은 꿈을 꾸었다. 참을 수 없게 피곤했고, 화장이 잘 먹지 않았다. 결국 면접장으로 가는 버스에서 깜빡 졸다가 내릴 정류장을 지나치고 말았다. 시간이 늦지는 않았지만 중요한 일을 앞두고 조바심 내면서 헤매기 싫어 곧바로 택시를 탔다. 머리를 말끔하게 빗어 넘긴 할아버지 기사님은 룸미러로 김지영 씨를 한번 흘끔 보더니 면접 가시나 보네, 했다. 김지영 씨는 짧게 네, 하고 대답했다.

"나 원래 첫 손님으로 여자 안 태우는데, 딱 보니까 면접 가는 거 같아서 태워 준 거야."

태워 준다고? 김지영 씨는 순간 택시비를 안 받겠다는 뜻인 줄 알았다가 뒤늦게야 제대로 이해했다. 영업 중인 빈 택시 잡아 돈 내고 타면서 고마워하기라도 하라는 건가. 배려라고 생각하며 아무렇지도 않게 무례를 저지르는 사람. 어디서부터 어디까지 항의를 해야 할지도 가늠이 되지 않았고, 괜한 말싸움을 하기도 싫어 김지영 씨는 그냥 눈을 감아 버렸다.

면접장에는 세 명씩 들어갔는데, 김지영 씨와 함께 면접을 본 두 사람도 또래의 여성들이었다. 세 사람 모두 약속이라도 한 것처럼 귀를 살짝 덮는 길이의 단발머리를 하고, 핑크빛이 도는 립스틱을 바르고, 짙은 회색 정장을 입고 있었다. 면접관들은 이력서와 자기소개서를 보며 학창 시절에 대해, 눈에 띄는 경력에 대해 부연 질문을 하고, 다음으로는 회사에 대해, 업계 전망과 마케팅 방향에 대해 의견을 물었다. 예상 가능한 질문들이라 세 사람 모두 무난하게 잘 대답해 냈다. 마지막으로 가장 끝자리에 말없이 앉아 고개만 끄덕이던 중년의 남자 이사가 물었다.

"여러분이 거래처 미팅을 나갔단 말입니다. 그런데 거래처 상사가 자꾸 좀, 그런, 신체 접촉을 하는 겁니다. 괜히 어깨도 주물주물하고, 허벅지도 슬쩍슬쩍 만지고, 엉? 그런 거? 알죠? 그럼 어떻게 하실 겁니까? 김지영 씨부터."

김지영 씨는 바보같이 당황하는 모습을 보여도 안 될 것 같고, 너무 정색하는 것도 좋은 점수를 받지 못할 것 같아 그 중간 정도로 답했다.

"화장실에 다녀오거나 자료를 가지고 오면서 자연스럽게 자리를 피하겠습니다."

두 번째 면접자는 명백한 성희롱이며 그 자리에서 주의를 주고, 그래도 고쳐지지 않는다면 법적 조치를 취하겠다고 강한 어조로 대답했다. 질문했던 이사가 눈썹을 한 번 올렸다 내리고는 파일에 뭔가 적었는데 괜히 김지영 씨가 움찔했다. 그리고 가장 오래 모범 답안을 고민했을 마지막 면접자가 대답했다.

"제 옷차림이나 태도에 문제는 없었는지 돌아보고, 상사분의 적절치 못한 행동을 유발한 부분이 있다면 고치겠습니다."

두 번째 면접자가 하! 하고 어처구니없다는 듯 큰 소리로 한숨을 쉬었다. 이렇게까지 해야 하나 김지영 씨도 씁쓸했는데, 한편으로는 저런 대답이 높은 점수를 받을 것 같다는 생각이 들면서 조금 후회했고, 그런 자신이 한심했다.

며칠 후 김지영 씨는 면접 전형을 통과하지 못했다는 메일을 받았다. 혹시 마지막 대답 때문이었을까. 아무래도 아쉽고 궁금한 마음이 사라지지 않아 인사과에 전화를 걸어 물어보았다. 담당자는 대답 하나가 당락을 좌우하지는 않았을 거라고, 면접관들과 잘 맞느냐의 문제라고, 우리 회사와 인연이 안 닿았던 모양이라고, 정해진 매뉴얼에 따른 듯하지만 마음을 조금은 편안하게 해 주는 대답을 했다. 마음이 편안해진 김에 김지영 씨는 함께 면접을 봤던 두 사람의 합격 여부도 물었다. 다른 뜻은 없다, 앞으로 면접 준비할 때 참고하려고 한다, 하자 그는 조금 망설이는 듯했다.

"저, 지금 정말 절박해요."

김지영 씨의 말에 그는 두 사람도 합격자 명단에 없다고 답했다. 그랬구나. 김지영 씨는 왠지 기운이 쪽 빠졌다. 어차피 떨어질 텐데 하고 싶은 말이나 다 하고 나올걸 하는 생각이 들었다.

"그런 개자식은 손모가지를 부러뜨려 놔야지! 그리고 당신도 문제야! 면접이랍시고 그딴 질문 하는 것도 성희롱이라고!

남자 지원자한테는 이런 질문 안 할 거 아냐?"

혼자 거울을 보며 큰 소리로 하고 싶던 말들을 다 쏟아 냈지만 속이 시원해지지 않았다. 자다가도 억울하고 열이 올라서 이불을 몇 번이나 걷어찼다. 그 이후에도 숱하게 면접을 보았고, 종종 외모에 대한 지적이나 옷차림에 대한 저속한 농담을 들었고, 특정 신체 부위를 향한 음흉한 시선, 불필요한 신체 접촉을 겪기도 했다. 취직은 하지 못했다. 어떻게든 졸업을 미룰까, 지금이라도 휴학을 할까, 어학연수를 다녀올까, 별별 생각을 다 했는데 그러는 사이에 어영부영 가을 학기가 끝나고 진짜 졸업만 남았다.

김은영 씨도, 어머니도 조급하게 생각하지 말라고 했지만 조급하지 않을 수가 없었다. 윤혜진 씨는 공무원 시험을 준비하기 시작했고, 김지영 씨에게도 함께 공부하자고 했는데 쉽게 판단이 서지 않았다. 일단 자신 있는 유형의 시험이 아니고, 이제 와 또 시간을 투자해 공부했는데 만약 시험에 계속 떨어지기라도 한다면 나이는 먹고, 경력은 없고, 그때는 정말 대책이 없기 때문이다. 김지영 씨는 눈을 조금 더 낮추고, 또 조금 더 낮춰 가면서 계속 입사 지원서를 냈고, 절망적인 와중에 남자 친구가 생겼다. 언니에게만 살짝 말했는데, 언니는 잠시 김지영 씨를 빤히 보다가 고개를 절레절레 저었다.

"너는 이 상황에 마음이 생기니? 감정이 생겨? 너도 대단하다."

김지영 씨는 그러게, 하면서 웃어 넘겼다. 사귀던 연인들도 헤어질 판에 새로운 사람이 좋아진 건 사실이고, 달리 대꾸할 말도 없었다. 창 너머로 이른 눈발이 흩날렸고, 오래전 읽었던 어떤 시가 떠올랐다. 가난하다고 해서 외로움을 모르겠는가. 너와 헤어져 돌아오는 눈 쌓인 골목길에 달빛이 새파랗게 쏟아지는데…….

새로운 남자 친구는 윤혜진 씨와 어릴 적부터 친구였다. 김지영 씨보다 나이는 한 살 많은데 군 복무를 마치고 복학해 아직 학생이었다. 김지영 씨의 상황과 심정을 누구보다 잘 이해하고 공감해 주는 사람이었다. 잘될 거라는 막연한 낙관도, 그깟 취직 좀 늦어지면 어떠냐는 무책임한 위로도, 왜 이 정도 스펙밖에 갖지 못했냐는 흔한 질타도 하지 않았다. 준비 과정을 묵묵히 지켜보고, 도울 수 있는 일이 있으면 돕고, 안 좋은 결과가 나오면 술을 사 주었다.

졸업식이 이틀 남은 날, 오랜만에 온 가족이 둘러앉아 아침을 먹고 있었다. 둘째 딸 졸업식 날에 하루 임시 휴업을 할지 저녁 시간에만 장사를 할지 고민하고 있는 아버지에게 김지영 씨는 졸업식에 가지 않겠다고 말했다. 아버지는 정신 상태까지 들먹이는 잔소리를 한 바가지 퍼부었는데, 김지영 씨에게 새삼스럽게 상처가 되지는 않았다. 그때는 '불합격' 이외에 어떤 말도 김지영 씨를 자극하지 못했다. 자신의 꾸중에도 딸이 속상한 기색 하나 없이 무덤덤하자 아버지가 한마디를 더 보탰다.

"넌 그냥 얌전히 있다 시집이나 가."

이제껏 더 심한 소리를 듣고도 아무렇지 않았는데 김지영 씨는 갑자기 견딜 수가 없어졌다. 도저히 밥이 넘어가지 않아 숟가락을 세워 들고 숨을 고르고 있는데 딱, 하고 단단한 돌덩이가 깨지는 듯한 소리가 났다. 어머니였다. 어머니는 얼굴이 시뻘겋게 달아올라 숟가락으로 식탁을 내리쳤다.

"당신은 지금 때가 어느 땐데 그런 고리타분한 소릴 하고 있어? 지영아, 너 얌전히 있지 마! 나대! 막 나대! 알았지?"

어머니가 너무 흥분한 상태라 김지영 씨는 일단 빠르게 고개를 끄덕여 진심 어린 동의의 뜻을 표현하는 것으로 어머니를 진정시켰다. 아버지는 당황했는지 갑자기 딸꾹질을 했다. 그러고 보니 아버지가 딸꾹질하는 것을 본 적은 그때가 유일했다. 온 가족이 둘러앉아 김치도 없이 고구마를 먹던 겨울밤, 어머니, 김은영 씨, 김지영 씨 그리고 동생이 차례로 딸꾹질을 하는데 아버지만 하지 않아 다 같이 웃기도 했다. 인어공주가 목소리를 잃고 다리를 얻듯 남자가 나이를 먹으면 딸꾹질을 잃고 고리타분한 생각들을 얻는 건가. 김지영 씨는 잠깐 마녀의 마법에 대해 생각했다. 어머니의 불같은 분노 덕분에 아버지는 막말을 멈추고 딸꾹질을 되찾았다.

그날 늦은 오후, 김지영 씨는 면접을 보았던 한 홍보대행사에서 최종 합격 통보를 받았다. 그동안 불안과 자괴와 무기력이 표면장력이 버틸 수 있는 최대한까지 볼록하게 담겨 있는 유리컵 속의 물처럼 버티고 있었다. 전화기 너머에서 '합격' 이라는 단어를 듣는 순간 김지영 씨의 두 눈에서 눈물이 끝도 없이 쏟아졌다. 합격 소식에 가장 기뻐한 사람은 남자 친구였다.


김지영 씨와 부모님은 가벼운 마음으로 학교에 갔고, 남자 친구도 왔다. 그러니까 처음으로 부모님께 남자 친구를 소개하는 자리였다. 졸업식장에 들어가지 않으니 특별히 할 일도 없어서 네 사람은 함께 교정을 둘러보고 사진을 찍고 교내 카페에서 잠깐 앉아 쉬며 커피를 마셨다. 어디를 가나 사람이 많고 시끄러웠고 카페도 마찬가지였다. 남자 친구는 큰 소리로 각기 다른 네 종류의 커피를 주문하고, 네 사람의 자리에 제대로 갖다 놓고, 어머니의 라테 옆에 냅킨을 세모 모양으로 예쁘게 접어 내려놓았다. 아버지가 근엄한 표정으로 전공이며 사는 곳이며 가족 관계에 대해 묻자 남자 친구는 성실하고 예의 바르게 대답했는데, 김지영 씨는 자꾸 웃음이 나서 고개를 숙이고 입술을 깨물었다.

할 말이 떨어진 네 사람 사이에 잠시 정적의 시간이 흘렀다.

아버지는 밥이나 먹으러 가자고 말했고, 어머니는 아버지 쪽
으로 몸을 돌리고 뭐라고 중얼중얼하면서 눈짓을 보냈다. 그러
자 아버지가 헛기침을 한 번 하더니 지갑에서 신용카드를 꺼
내 김지영 씨에게 내밀고는, 어머니의 눈치를 살피며 이제 가
게에 나가 봐야 할 것 같으니 밥은 둘이 먹으라고 했다. 더듬더
듬 아버지의 말이 끝나자 어머니가 남자 친구의 손을 덥석 잡
으며 말했다.

"오늘 만나서 너무 반가웠어요. 아쉽지만 오늘은 둘이 맛있
는 거 사 먹고, 영화도 보고, 데이트 잘하고, 다음에 우리 가게
와요."

어머니는 아버지의 팔짱을 당겨 끼고 먼저 교정을 나섰다.
남자 친구는 머리가 땅에 닿을 듯 허리를 굽혀 몇 번이나 부모
님의 뒤통수에 대고 인사를 했다. 김지영 씨는 그제야 웃음을
터뜨렸다.

"우리 엄마 귀엽지? 오빠 불편할까 봐 자리 정리해 준 거야."

"응, 그러신 것 같아. 근데 너네 가게에서 제일 맛있는 게 뭐
야?"

"뭐든 엄마가 한 것보다는 맛있을 거야. 우리 엄마는 요리
잘 못하거든. 그래도 나는 잘 사 먹고, 잘 시켜 먹고, 가게에서
싸다 준 거 잘 먹고 건강하게 잘 컸어."

학교 근처에 사람이 너무 많아 둘은 지하철을 타고 광화문
으로 갔다. 어머니의 말대로 맛있는 것도 사 먹고, 영화도 보고,
서점에 가서 책도 한 권씩 샀다. 남자 친구는 책값까지 아버지
카드로 결제하면 안 되는 것 아니냐며 망설였지만 책 사면 무
조건 좋아하신다고 김지영 씨가 자꾸 부추기자 그동안 비싸서
못 사고 있었던 책을 골랐다. 두 사람이 백과사전처럼 크고 묵
직한 책을 한 권씩 가슴에 안고 키득거리며 계단을 올라 건물
밖으로 나왔을 때, 눈이 오고 있었다.

깜깜해진 하늘 위로 공평한 선물처럼 드문드문 일정하게 눈이 내렸고, 바람이 한 번씩 두서없이 불면 눈송이들이 사방으로 흩어졌다. 남자 친구가 떨어지는 눈송이를 잡으면 소원이 이루어진다며 이리저리 팔을 뻗었는데 눈송이는 매번 아슬아슬 비켜 갔다. 몇 번의 시도 끝에 얼핏 육각형 모양이 살아 있는 커다란 눈송이가 남자 친구의 검지 끝에 살며시 앉았고, 김지영 씨는 무슨 소원을 빌었는지 물었다.

"너 회사 잘 다니게 해 달라고. 덜 힘들고, 덜 속상하고, 덜 지치면서, 사회생활 잘하고, 무사히 월급 받아서 나 맛있는 거 많이 사 달라고."

김지영 씨는 가슴속에 눈송이들이 성기게 가득 들어차는 느낌이었다. 충만한데 헛헛하고 포근한데 서늘하다. 남자 친구의 말처럼 덜 힘들고, 덜 속상하고, 덜 지치면서, 어머니의 말처럼 막 나대면서 잘 해내야겠다고 생각했다.

아이디카드를 목에 걸고 점심을 먹으러 다녔다. 다들 별 의미 없이, 굳이 따로 챙겨 다니는 게 번거로워 그냥 달랑달랑 걸고 다니는 것 같았지만 김지영 씨는 일부러 그랬다. 오피스 건물이 많은 번화가의 낮 시간이면 회사 이름이 새겨진 도톰한 스트랩을 목에 걸고, 그 끝에 투명 케이스에 담긴 아이디카드를 매달고 다니는 사람들을 계속 마주쳤다. 김지영 씨는 그게 그렇게 부러웠다. 목에는 아이디카드를 걸고, 한 손에 지갑과 핸드폰을 한꺼번에 들고, 무리 지어 거리를 걸으며, 오늘은 또 뭐 먹지, 라고 말하고 싶었다.

직원이 50명 정도 되는, 업계에서는 꽤 규모 있는 회사였다. 관리직으로 갈수록 남성의 비율이 높지만 그래도 여직원이 더 많았는데, 사람들은 적당히 개인적이고 적당히 합리적이고 사무실 분위기도 좋았다. 하지만 업무량이 많고, 수당도 없는 야근과 주말 근무가 흔했다. 신입 사원은 김지영 씨까지 네 명이었는데, 여자가 둘, 남자가 둘이었다. 휴학도 한 번 안 하고 졸업하자마자 사회생활을 시작한 김지영 씨의 나이가 가장 어려서 회사에서 말 그대로 막내였다.

김지영 씨는 아침마다 팀원들 자리에 취향 맞춰 커피를 한 잔씩 타서 올려놓았고, 식당에 가면 자리마다 냅킨을 깔고 숟가락과 젓가락을 세팅했고, 식사를 배달시킬 때면 수첩을 들고 다니며 메뉴를 정리해서 전화 주문하고, 다 먹고 나면 가장 먼저 나서서 빈 그릇들을 정리했다. 팀의 막내는 매일 아침 신문 기사를 검색해 클라이언트와 관련된 내용을 스크랩하고 간단하게 코멘트를 달아 보고서를 만드는데, 어느 날 보고서를 훑어본 팀장이 김지영 씨를 회의실로 불렀다.

김은실 팀장은 4명의 팀장 중 유일한 여자 팀장이었다. 초등학생 딸이 하나 있는데, 친정어머니와 함께 살며 육아와 가사는 완전히 어머니께 맡기고 본인은 일만 한다고 들었다. 누군가는 멋지다고 했고 누군가는 독하다고 했고 누군가는 뜬금없게도 남편을 칭찬했다. 처가살이가 시집살이보다 고되다는 둥 요즘은 장서 갈등이 사회 문제라는 둥 하며, 장모를 모시고 사는 걸 보면 만난 적은 없지만 김은실 팀장의 남편은 좋은 사람일 거라고 했다. 김지영 씨는 17년간 시어머니를 모시고 살았던 어머니를 생각했다. 할머니는 어머니가 미용 일을 하러 나간 동안 잠깐씩 막내를 봐주셨을 뿐 삼 남매를 먹이고, 씻기고, 재우는 등의 돌봄 노동은 전혀 하지 않으셨다. 다른 집안일도 거의 안 하셨다. 어머니가 차린 밥을 드시고, 어머니가 빨아놓은 옷을 입고, 어머니가 청소한 방에서 주무셨다. 하지만 아무도 어머니에게 좋은 사람이라고 하지 않았다.

팀장은 보고서 파일을 돌려주며 칭찬했다. 계속 지켜봤는데, 기사 선별하는 안목도 좋고 코멘트도 적절했다며 지금처럼 잘해 보라고 했다. 첫 직장, 첫 업무에서 처음으로 인정을 받았다. 김지영 씨는 팀장의 그 한마디가 앞으로 사회생활을 하며 장애물을 만날 때마다 얼마나 큰 힘이 될지 예감했다. 조금은 뿌듯해하며, 조금은 자랑스러워하며, 하지만 너무 드러내 놓고 좋은 기색은 하지 않으며 감사하다고 대답하자 팀장이 미소를 지으며 말했다.

"그리고 앞으로 내 커피는 타 주지 않아도 돼요. 식당에서 내 숟가락 챙겨 주지 말고, 내가 먹은 그릇도 치워 주지 말아요."

"부담스러우셨다면 죄송합니다."

"부담스러워서가 아니라 김지영 씨의 일이 아니라서 그래요. 그동안 신입 사원을 받을 때마다 느낀 건데, 여자 막내들은 누가 부탁하지도 않았는데 귀찮고 자잘한 일들을 다 하더라고. 남자들은 안 그래요. 아무리 막내고 신입 사원이라도 시키지 않는 한 할 생각도 안 해. 근데 왜 여자들은 알아서 하는 사람이 되었을까."

직원이 세 명이던 시절부터 일했다고 한다. 회사가 커 가고, 직원들이 함께 커 가는 것을 지켜보며 자신감과 자부심을 갖게 됐단다. 초창기에 함께 일했던 남자 동료들은 지금 자신처럼 팀장이 되었거나 큰 회사의 홍보부서로 들어갔거나 독립해서 회사를 차렸거나 아무튼 계속 일하고 있는데, 여자 동료들은 남아 있지 않다고 했다.

김은실 팀장은 여자 같지 않다는 소리를 듣기 위해 회식 자리에 끝까지 남았고, 야근과 출장도 늘 자원했고, 아이를 낳고도 한 달 만에 출근했다. 처음에는 자랑스러웠는데, 여자 동료와 후배들이 회사를 나갈 때마다 혼란스러웠고, 요즘은 미안하다고 했다. 회식은 사실 대부분 불필요한 자리였고, 잦은 야근과 주말 근무, 출장은 인원을 보강해야 하는 문제였다. 출산, 육아로 인한 휴가와 휴직도 당연한 것인데 후배들의 권리까지 빼앗은 꼴이 됐다. 관리직급이 된 후로 가장 먼저 불필요한 회식이나 야유회, 워크숍 등의 행사를 없앴고, 남녀 불문 출산휴가와 육아휴직도 보장했다. 회사 창립 이래 최초로 1년의 육아휴직을 마치고 돌아온 후배의 책상에 꽃다발을 놓으며 느꼈던 감동을 잊지 못한다고 했다.

"그분이 누구신데요?"

"몇 달 만에 퇴사했어요."

잦은 야근과 주말 근무까지 팀장이 해결할 수는 없었다. 월급 대부분을 베이비시터에게 쏟고도 늘 동동거리며 이 사람 저 사람에게 아이를 부탁하고, 남편과 매일 전화로 싸우고, 급기야 어느 주말 아기를 업고 사무실에 나타난 후배는 결국 회사를 그만두었다. 미안하다는 후배에게 팀장은 어떤 말도 해 줄 수가 없었다.

김지영 씨는 공식적인 첫 업무를 맡았다. 친환경 침구 업체에서 실시한 가정 내 침구 오염도 측정 결과를 바탕으로 보도 자료를 작성하는 일이었는데, 정말 정말 잘 해내고 싶어 두 장짜리 보도자료를 쓰는 데 며칠 밤을 샜다. 팀장은 잘 썼다고 했다. 잘 쓰긴 했는데 기사처럼 썼다고, 우리가 쓰는 건 기사가 아니라 기사를 쓰고 싶게 만드는 자료여야 한다며 다시 써 오라고 했고, 김지영 씨는 또 그날 밤을 샜다. 팀장은 정말 잘 썼다고 했다. 큰 수정 없이 릴리스 됐고, 일간지와 주부 잡지는 물론 공중파 TV 뉴스에서도 기사로 받아 썼다. 김지영 씨는 더 이상 아침마다 커피를 타지 않았고, 식당에서 숟가락과 컵을 세팅하지도 않았다. 아무도 아무 말도 하지 않았다.

일도 재밌고 동료들도 좋았다. 다만 기자들이나 클라이언트, 인하우스 홍보팀을 상대하는 자리가 힘들고 불편했다. 시간이 지나고, 경험과 경력이 쌓이고, 일이 충분히 익숙해진 후에도 그들과는 거리가 좁혀지지 않았다. 홍보대행사 입장에서 그들은 항상 갑이고, 대부분 나이가 많고 직위가 높은 남자들이었고, 일단 유머 코드가 달랐다. 재미없는 농담을 끝도 없이 늘어놓는데, 어느 타이밍에 웃고, 또 뭐라고 대꾸해야 할지 도저히 알 수가 없었다. 웃으면 웃는 사람을 향해 농담을 계속했고, 그렇다고 안 웃고 있으면 무슨 안 좋은 일이 있느냐고 계속 물었다.

클라이언트와 같이 점심 식사를 할 일이 있어서 한식당에 갔는데, 고객 회사의 대표가 강된장을 주문하는 김지영 씨를 보고 말했다.

"젊은 사람이 강된장을 먹을 줄 아네? 미스 김도 된장녀였어? 허허허허허."

된장녀라는 신조어가 생겨 났고, 여성들을 비하하는 무슨 무슨 녀(女), 라는 말들이 한창 유행하던 즈음이었다. 웃으라고 한 말인지, 우습게 보고 한 말인지, 된장녀라는 말의 뜻을 알기나 하는지 알 수가 없었다. 대표가 웃으니 직원도 따라 웃고, 고객이 웃으니 김지영 씨와 선배는 정색할 수가 없어 어색하게 미소 지으며 대화의 주제를 돌렸다. 그런 식이었다.

한번은 한 중견 기업의 홍보부와 회식을 하게 되었다. 김지영 씨와 김은실 팀장이 창립 기념 행사 기획부터 진행, 보도자료 배포까지 전 과정을 함께했는데 잘 마무리해 주어 고맙다며 부서 회식 자리에 초대한 것이다. 홍보부 직원들이 모여 있다는 대학가 고깃집으로 향하는 택시 안에서 팀장은 정말 가기 싫다, 고 또박또박 힘주어 말했다.

"고마우면 돈이든 선물이든 그런 거 보내면 좋잖아. 우리한테 그 자리가 얼마나 불편할지 알면서. 고마워서 같이 밥 먹고, 술 먹자는 거 너무 빤하지 않아? 마지막으로 갑질 한 번 더 하겠다는 거지, 뭐. 아, 진짜 싫지만 오늘만 참는다.”

홍보부 직원은 50대의 남자 부장과 40대의 남자 차장, 30대 남자 과장, 20대의 여자 사원 세 사람, 이렇게 여섯 명이었고, 김지영 씨의 회사에서는 김은실 팀장과 김지영 씨, 행사 진행을 도왔던 남자 동기까지 셋이 회식에 갔다. 반주를 일찍 시작했는지 이미 얼굴이 달아오른 부장은 김지영 씨를 보자마자 과하게 반색했고, 나란히 앉아 있던 과장이 맥주잔과 수저를 들고 일어서며 김지영 씨에게 부장 옆에 앉으라는 눈짓을 했다. 부장은 역시 한 과장이 눈치가 있다면서 껄껄 웃었는데, 김지영 씨는 모든 상황이 당황스럽고 수치스럽고 죽어도 그 자리에 앉기가 싫었다. 일행들과 앉겠다고 몇 차례 의사 표현을 했지만 홍보부 차장과 과장이 자꾸만 김지영 씨를 부장 옆으로 끌어갔다. 동기는 안절부절못하며 지켜보기만 했고, 화장실에 들렀던 팀장은 모든 상황이 정리된 후에야 식당에 들어왔다. 결국 김지영 씨는 부장 옆에 앉았고, 따라 주는 맥주를 받았고, 강권에 못 이겨 몇 잔을 연거푸 마셨다.

이제껏 상품 개발부서에 있다가 홍보부로 온 지 석 달 정도 되었다는 부장은 홍보와 마케팅에 대해 경험에서 우러난 조언을 멈추지 않았다. 김지영 씨는 얼굴형도 예쁘고 콧날도 날렵하니까 쌍꺼풀 수술만 하면 되겠다며 외모에 대한 칭찬인지 충고인지도 계속 늘어놓았다. 남자 친구가 있느냐고 묻더니 원래 골키퍼가 있어야 골 넣을 맛이 난다는 둥 한 번도 안 해 본 여자는 있어도 한 번만 해 본 여자는 없다는 둥 웃기지도 않는 19금 유머까지 남발했다. 무엇보다 계속 술을 권했다. 주량을 넘어섰다고, 귀갓길이 위험하다고, 이제 그만 마시겠다고 해도 여기 이렇게 남자가 많은데 뭐가 걱정이냐고 반문했다. 니들이 제일 걱정이거든. 김지영 씨는 대답을 속으로 삼키며 눈치껏 빈 컵과 냉면 그릇에 술을 쏟아 버렸다.

밤 12시가 조금 넘자 부장은 김지영 씨의 잔에 맥주를 가득 채우고는 비틀비틀 자리에서 일어났다. 식당이 다 울릴 정도로 큰 목소리로 대리기사와 통화하고는 일행들을 향해 말했다.

"내 딸이 요 앞 대학에 다니거든. 지금 도서관에서 공부하고 있는데 이제 집에 간다고 무서우니까 데리러 오라네. 미안한데 나는 먼저 갈 테니까, 김지영 씨, 이거 다 마셔야 된다!"

김지영 씨는 겨우 붙잡고 있던 어떤 줄 하나가 툭 끊어지는 것을 느꼈다. 당신의 그 소중한 딸도 몇 년 후에 나처럼 될지 몰라, 당신이 계속 나를 이렇게 대하는 한. 그리고 갑자기 취기가 올라와서 남자 친구에게 데리러 와 달라고 문자메시지를 보냈는데 아무 답이 없었다.

부장이 간 후로 회식 분위기도 시들해졌다. 끼리끼리 모여 사적인 대화를 나눴고, 몇 명은 담배를 피우러 나갔고, 홍보부의 여자 사원 한 명은 언제 갔는지 보이지 않았다. 몇 사람이 이제 2차를 가자고 분위기를 몰아갔지만 김은실 팀장이 나서서 선을 그은 덕분에 대행사 세 사람은 무사히 빠져나올 수 있었다.

팀장은 친정어머니가 아프셔서 얼른 들어가야 한다고 먼저 택시를 타고 떠났고, 김지영 씨와 남자 동기는 편의점 앞 파라솔 의자에 앉아 캔커피를 마셨다. 시원한 커피를 마시면 술이 좀 깰 것 같아 김지영 씨가 먼저 제안했는데, 불편한 자리가 끝나고 긴장이 풀렸는지 술은 깨지 않고 잠만 왔다. 김지영 씨는 컵라면 국물이 튀어 있는 테이블에 털썩 엎드려 버렸고, 동기가 아무리 욕을 하며 걷어차도 정신이 들지 않았다.

하필 그때 남자 친구에게 전화가 왔다. 김지영 씨는 이미 깊은 잠에 빠졌고, 동기는 데리러 오라고 얘기할 생각으로 대신 전화를 받았는데, 그게 실수였다.

"아, 안녕하세요. 저 지영이 회사 동기인데요……."

— 지영이는요?

"예, 지영이가 지금 잠들어서 제가 전화를 받은 건데
요……."

— 잠을 자요? 뭐야? 당신 누구야?

"아뇨! 아뇨! 그런 게 아니고요! 뭔가 오해를 하신 거 같은
데, 지영이가 술을……."

— 지영이 당장 바꿔!

김지영 씨는 남자 친구에게 업혀 무사히 집에 들어갔다. 하
지만 두 사람 사이는 무사하지 못했다.


운 좋게도 회사에는 좋은 사람들이 많았고 김지영 씨는 각
오했던 것보다 덜 힘들고 덜 속상하고 덜 지치면서 나름대로
사회생활을 잘하고 있었다. 남자 친구에게 맛있는 것도 많이
사 줬다. 가방도 사 줬고, 옷도 사 줬고, 지갑도 사 줬고, 가끔
택시비도 줬다. 대신 남자 친구가 기다리는 일이 많아졌다. 김
지영 씨의 퇴근을 기다렸고, 휴일을 기다렸고, 휴가를 기다렸
다. 말단 사원인 김지영 씨는 그 모든 일정들을 스스로 결정할
수 없는 처지였고, 남자 친구는 약속이 확정되기를 또 기다려
야 했다. 전화와 메시지도 기다렸다. 김지영 씨가 회사에 다니
기 시작하면서부터 통화 시간이나 메시지 횟수가 부쩍 줄었다.
남자 친구는 출퇴근 길 지하철에서, 화장실에서, 점심 먹은 후
식당에서, 잠깐씩 짬이 나지 않느냐고, 메시지 한 통 보낼 시간
도 없는 거냐고 따져 묻곤 했는데, 김지영 씨는 시간이 없는 게
아니라 마음의 여유가 없었다. 주위의 많은 직장인-대학생 커
플의 모습도 비슷했다. 여자가 직장인이든, 남자가 직장인이든
마찬가지였다.

안 그래도 김지영 씨는 졸업반이 되어 취업 준비를 시작한
남자 친구에게 도움이 되지 못해 미안했다. 같은 상황일 때, 남

자 친구가 자신에게 얼마나 큰 힘이 되었는지 분명하게 기억하고 있다. 그때를 생각하면 여전히 손끝이 저리도록 애틋했다. 하지만 김지영 씨의 일상도 전쟁이었고, 긴장을 놓으면 당장 피투성이가 될 순간순간에 다른 누군가의 안위를 살필 여유가 없었다. 서운함은 냉장고 위나 욕실 선반 위, 두 눈으로 뻔히 보면서도 계속 무심히 내버려두게 되는 먼지처럼 자연스럽고 당연하게 두 사람 사이에 쌓여 갔다. 그렇게 멀어지다가 그밤 일로 크게 싸웠다.

그동안 김지영 씨가 취하도록 술을 마신 일이 없다는 것도, 그날은 회식 때문에 어쩔 수 없이 술을 마셨다는 것도, 전화를 대신 받은 남자 동기와는 아무 일 없었다는 것도 남자 친구는 알고 있었다. 아주 잘 알았지만, 사실 그건 상관없는 일이었다. 이미 바짝 말라 버석이는 묵은 감정의 먼지들 위로 작은 불씨가 떨어졌다. 가장 젊고 아름답던 시절은 그렇게 허망하게 불타 잿더미가 되었다.

이후로 서너 번쯤 소개팅을 했고, 그중에는 몇 번 더 만나 영화를 보고 밥을 먹은 남자도 있었다. 소개팅 상대들은 모두 김지영 씨보다 나이가 훨씬 많았고, 직급이 높았고, 아마 연봉도 더 많았을 것이다. 그들은 예전의 김지영 씨가 했던 것처럼 밥을 사고, 영화나 공연 티켓을 사고, 크고 작은 선물을 주었다. 하지만 누구와도 어느 선 이상으로 가까워지지 않았다.

회사에 기획팀이 꾸려진다고 했다. 그동안 영업을 통해 고객을 확보한 후, 고객이 의뢰하는 일을 위주로 해 왔는데, 반대로 회사 쪽에서 프로젝트를 먼저 기획하고 함께할 기업들을 섭외하겠다는 것이다. 물론 일회성 이벤트가 아니라 장기적인 사업을 진행할 계획이다. 대행사의 특성상 항상 을일 수 밖에 없고, 업무가 거의 수동적이라 한계에 맞닥뜨린 시점이었다. 당장 수익을 낼 수는 없더라도, 이런 업무 방식이 잘 자리를 잡는다면 오히려 고객과의 관계를 주도하면서 안정적인 수입과 성장을 기대할 수 있으리라는 전망이었다. 직원 대부분이 이 새로운 일에 매력을 느꼈고, 김지영 씨도 마찬가지였다. 마침 김은실 팀장이 기획팀을 맡게 되어 김지영 씨는 팀장에게 합류하고 싶다는 뜻을 전했다.

"그러게. 김지영 씨라면 잘할 것 같네요."

팀장의 대답은 긍정적이었지만, 김지영 씨는 결국 기획팀에 합류하지 못했다. 일 잘한다고 꼽히는 과장급 세 명과 김지영 씨의 남자 동기 두 사람이 기획팀으로 옮겨 갔다. 사내에는 기획팀이 마치 핵심 인력 부서인 듯한 분위기가 형성됐는데, 김지영 씨와 여자 동기인 강혜수 씨의 박탈감이 상당했다. 그 동안 여자 동기들이 평판은 더 좋았다. 선배들은 같은 시기에 같은 전형으로 뽑았는데 남자 둘은 왜 저렇게 처지느냐고 공공연하게 농담을 하곤 했다. 남자 동기들이 일을 아주 못한 것은 아니지만 더 수월한 고객들을 담당했던 것은 사실이다.

동기 넷이 유독 각별했고, 성격이 전혀 다른데도 마찰 한 번 없이 잘 어울렸는데, 두 사람만 기획팀으로 옮긴 이후로 묘한 거리가 생겼다. 업무 중에도 수시로 나누던 메신저 채팅이 뚝 끊겼다. 선배들의 눈치를 봐 가면서 짬짬이 가지곤 했던 넷만의 커피 타임도, 점심 회동도, 정기적인 술자리도 사라졌다. 복도에서 마주치면 애써 시선을 피하다 어색하게 눈인사만 하고 지나쳤는데, 안되겠다 싶었는지 나이가 가장 많은 강혜수 씨가 술자리를 마련했다.

늦도록 꽤 많이 마셨지만 아무도 취하지 않았다. 그동안은 모이면 어린애들처럼 실없는 농담을 하고, 일이 힘들다고 투정부리고, 각자 팀원들에 대한 가벼운 불만을 털어놓으면서 낄낄거렸는데, 그날은 처음부터 완전히 진지한 분위기였다. 강혜수 씨가 먼저 짧은 사내 연애를 했다고 털어놓았기 때문이다.

"지금은 완전히 끝났어. 누구냐고 묻지도 말고, 넘겨짚지도 말고, 다른 자리에서 얘기 꺼내지도 마. 아무튼 그래서 내가 요즘 속이 말이 아니다. 나 좀 위로해 주라."

김지영 씨의 머릿속에서 몇 안 되는 미혼 남자 직원들의 얼굴이 빙글빙글 돌다가 문득, 상대가 꼭 미혼이라는 법은 없다는 생각이 들면서 두통이 몰려왔다. 두 남자는 맥주를 벌컥벌컥 들이켰다. 그러다 한 명이 작년에 대학을 졸업한 동생이 아직 취직을 못해 걱정이라고 말했다. 자신도 학자금 대출을 다 갚지 못했는데, 더 많이 대출받은 동생은 빚더미에서 빠져나올 수나 있을지 모르겠다고 했다. 다른 한 명이 뒤통수를 긁적였다.

"지금 고백 타임이야? 나도 하나 불어야 하는 건가? 난, 사실 기획팀 일이 잘 안 맞아."

김지영 씨는 그날 술자리에서 많은 얘기를 들었다. 기획팀 인력 구성은 전적으로 대표의 뜻이었다고 한다. 일 잘하는 과장급이 선발된 이유는 기획팀이 자리를 잘 잡아야 하기 때문이고, 남자 신입 사원들이 선발된 이유는 장기 프로젝트이기 때문이다. 대표는 업무 강도와 특성상 일과 결혼 생활, 특히 육아를 병행하기가 힘들다는 것을 잘 알고 있고, 그래서 여직원들을 오래갈 동료로 여기지 않는다. 그렇다고 사원 복지에 힘쓸 계획은 없다. 못 버틸 직원이 버틸 수 있는 여건을 만드는 것보다, 버틸 직원을 더 키우는 것이 효율적이라는 게 대표의 판단이다. 그동안 김지영 씨와 강혜수 씨에게 까다로운 클라이언트를 맡긴 것도 같은 이유였다. 두 사람을 더 신뢰해서가 아니라, 오래 남아 할 일이 많은 남자들에게 굳이 힘들고 진 빠지는 일을 시키지 않은 것이다.

김지영 씨는 미로 한가운데 선 기분이었다. 성실하고 차분하게 출구를 찾고 있는데 애초부터 출구가 없었다고 한다. 망연히 주저앉으니 더 노력해야 한다고, 안 되면 벽이라도 뚫어야 한다고 한다. 사업가의 목표는 결국 돈을 버는 것이고, 최소 투자로 최대 이익을 내겠다는 대표를 비난할 수는 없다. 하지만 당장 눈에 보이는 효율과 합리만을 내세우는 게 과연 공정한 걸까. 공정하지 않은 세상에는 결국 무엇이 남을까. 남은 이들은 행복할까.

입사부터 지금까지 남자 동기들의 연봉이 쭉 더 높다는 것도 알게 되었는데, 이미 그날 용량의 충격과 실망이 모두 소진됐는지 큰 감흥은 없었다. 더 이상 대표와 선배들을 믿고 따르며 열심히 일만 할 자신이 없어졌는데, 또 밤이 지나 술이 깨고 나니 습관처럼 회사에 나가게 됐다. 예전과 다름없이 시키는 대로 주어진 일을 해냈다. 하지만 열정이라든가 신뢰 같은 감정은 분명 흐려졌다.

대한민국은 OECD 회원국 중 남녀 임금 격차가 가장 큰 나라다. 2014년 통계에 따르면, 남성 임금을 100만 원으로 봤을 때 OECD 평균 여성 임금은 84만 4000원이고 한국의 여성 임금은 63만 3000원이다.* 또 영국 《이코노미스트》지가 발표한 유리 천장 지수에서도 한국은 조사국 중 최하위 순위를 기록해, 여성이 일하기 가장 힘든 나라로 꼽혔다.**

* 「Gender wage gap」, OECD, 2014.
* The Economist Home Page, 3 March 2016, <http://www.economist.com/blogs/graphicdetail/2016/03/daily-chart-0>.

# 82년생 김지영

(워터프루프북) - 1

조남주 장편소설

1판 1쇄 찍음 2018년 7월 9일
1판 1쇄 펴냄 2018년 7월 16일

| | |
|---|---|
| **지은이** | 조남주 |
| **발행인** | 박근섭·박상준 |
| **펴낸곳** | (주)민음사 |
| **디자인** | 오이뮤(OIMU) |

| | |
|---|---|
| **출판등록** | 1966.5.19. 제16-490호 |
| **주소** | 서울시 강남구 도산대로1길 62(신사동) |
| | 강남출판문화센터5층(06027) |
| **대표전화** | 515-2000 |
| **팩시밀리** | 515-2007 |
| **홈페이지** | www.minumsa.com |

ISBN 978-89-374-3867-7(04810)

ISBN 978-89-374-3866-0(세트)

# 2012년~2015년

상견례는 터미널이 가까운 강남의 한정식집에서 했다. 반 갑다, 올라오시느라 고생하셨다, 하는 의례적인 인사들이 오간 후 멋쩍은 정적이 이어졌다. 그러다 정대현 씨의 어머니가 갑 자기 두 번밖에 본 적 없는 김지영 씨를 칭찬하기 시작했다. 차 분하고 싹싹한 데다 센스도 있다면서 자신이 커피를 마시지 않 는 것을 기억했다가 다음 만남에 전통차를 사 왔다고, 감기 기 운 때문에 목소리가 조금 안 좋은 것도 바로 알아채더라고 했 다. 사실 선물은 백화점에서 적당한 가격으로 추천받았던 것이 고, 환절기라 감기 얘기를 했을 뿐 목소리가 달라진 것은 전혀 몰랐다. 별 뜻 없었던 행동들이 여러 가지로 해석될 수 있다고 생각하자 김지영 씨는 조금 부담스러웠다. 어머니는 예비 시어 머니의 칭찬이 듣기 좋았는지 뿌듯하게 웃으며 말했다.

"잘 봐 주신 거예요. 애가 그냥 나이만 먹었지 아무것도 할 줄 몰라요."

내가 일을 쌓아 두지 못하는 성격이라 먼저 해치워 그렇다, 애들이 집안일 해 볼 기회가 없었다, 굶지 않으려면 밥은 해먹 지 않겠느냐, 변명 같은 농담들을 늘어놓았다. 그러자 정대현 씨의 어머니도 요즘 애들이 다 그렇다고 맞장구쳤다. 두 어머 니가 한참 동안 자신의 딸들이 얼마나 편하게 공부만 하고 직 장만 다녔는지를 조목조목 얘기하다가 마지막으로 정대현 씨 의 어머니가 말했다.

"처음부터 잘하는 사람이 있나요. 다 하면서 배우는 거죠.

지영이가 잘할 거예요."

아니요, 어머니. 저 잘할 자신 없는데요. 그런 건 자취하는 오빠가 더 잘하고요, 결혼하고도 자기가 알아서 한다고 했어요. 하지만 김지영 씨도, 정대현 씨도, 말없이 미소만 지었다.

정대현 씨가 살던 오피스텔 전세 보증금에 그동안 두 사람이 모아 둔 돈을 보태고 약간의 대출을 받아 24평형 아파트 전세를 구하고, 살림살이를 장만하고, 결혼식장과 신혼여행 등 예식 비용을 충당했다. 그나마 정대현 씨가 보증금이라는 목돈을 가지고 있었고, 둘 다 크게 낭비하지 않고 착실하게 저축해 온 편이라 부모님께 손 벌리지 않고 결혼할 수 있었다. 둘이 비슷한 시기에 사회생활을 시작했고, 김지영 씨는 부모님과 함께 살아서 용돈 이외에 따로 생활비가 들지 않았는데도 모아 놓은 돈은 정대현 씨가 더 많았다. 정대현 씨의 연봉이 훨씬 많기 때문이다. 회사 규모도 차이가 나고, 김지영 씨의 업계가 워낙 열악한 곳이라 어느 정도 예상은 했지만 이렇게 차이가 클 줄은 몰랐다. 김지영 씨는 조금 허탈한 마음이 들었다.

결혼 생활은 생각보다 괜찮았다. 둘 다 퇴근이 늦고 주말 근무가 잦아서 밥 한 끼 같이 못 먹는 날이 많았지만, 가끔 심야 영화도 보고, 야식도 시켜 먹고, 출근하지 않는 주말이면 늦잠을 자고 일어나 정대현 씨가 만든 토스트를 먹으면서 영화 소개 프로그램을 보았다. 데이트를 하는 것 같기도 하고 소꿉놀이를 하는 것 같기도 했다.

결혼한 지 딱 한 달이 되는 수요일이었다. 김지영 씨는 야근 후 겨우 마지막 지하철을 타고 퇴근했고, 정대현 씨는 웬일로 일찍 집에 돌아와 혼자 라면을 끓여 먹고, 설거지를 하고, 냉장고 정리를 하고, TV 드라마를 보며 마른 빨래를 걷어 개켜 놓고 김지영 씨를 기다리고 있었다. 식탁 위에는 종이 한 장이 놓여 있었다. 혼인신고서. 정대현 씨가 회사에서 다운받아 출력한 후 동료 두 명에게 증인 사인까지 받아 왔다. 김지영 씨는 괜히 웃음이 났다.

"뭐가 이렇게 급해? 어차피 우리 결혼식도 했고 이미 같이 사는데. 혼인신고 한다고 달라질 것도 없잖아."

"마음이 달라지지."

김지영 씨는 정대현 씨가 서두르는 게 왠지 기분 좋았다. 좋았는데, 좋아서 들뜨고 설레고, 폐인지 위인지 알 수 없는 몸속 어딘가에 가벼운 공기가 가득 들어차는 기분이었는데, 정대현 씨의 대답이 짧고 가느다란 바늘처럼 김지영 씨의 마음에 콕, 구멍을 냈다. 부풀어 올랐던 마음은 서서히, 조금씩, 가라앉았다. 김지영 씨는 결혼식이나 혼인신고 같은 절차가 마음가짐을 바꾼다고 생각하지 않는다. 혼인신고를 하면 마음이 달라진다는 정대현 씨가 책임감 있는 걸까, 혼인신고를 하든 안 하든 마음은 변하지 않는다는 자신이 한결같은 걸까. 김지영 씨는 남편이 듬직하면서도 동시에 묘한 거리감을 느꼈다.

두 사람은 노트북을 앞에 두고 식탁에 나란히 앉아 빈칸을 채웠다. 정대현 씨는 한 획에 한 번씩 노트북 화면을 들여다보면서 본관의 한자를 그렸고, 김지영 씨도 크게 다르지 않았다. 태어나 처음으로 본관 한자를 적어 보는 것 같았다. 다른 빈칸들은 비교적 수월하게 채워 갔다. 정대현 씨가 양가 부모님 주민등록번호를 미리 확인해 두어 부모님 인적 사항도 잘 적었다. 그리고 5번. 자녀의 성·본을 모의 성·본으로 하는 협의를 하였습니까?

"어떻게 할까?"

"뭐?"

"이거. 5번 말이야."

정대현 씨는 소리 내어 5번 항목을 읽더니 김지영 씨를 한

번 보고는 크게 마음을 쓰지 않는다는 듯 가볍게 말했다.

"나는 정씨 괜찮은 거 같은데……."

1990년대 말, 호주제에 대한 논의가 본격적으로 시작되었다. 호주제 폐지를 주장하는 단체들이 생겨났다. 부모 성을 함께 쓰는 사람들이 있었고, 새아버지와 성이 달라 고통받았던 어린 시절을 고백하는 유명인들도 있었다. 그즈음 홀로 아이를 낳아 키우던 싱글맘이 뒤늦게 나타난 친부에게 아이를 빼앗길 위기에 처한다는 내용의 드라마가 큰 인기를 끌었는데, 김지영 씨는 그 드라마를 통해 호주제의 불합리를 알게 되었다. 물론 호주제가 폐지되면 국민들이 부모형제도 못 알아보는 금수가 되고, 온 나라가 콩가루 집안이 될 것처럼 펄쩍펄쩍 뛰는 사람들도 많았다.

결국 호주제는 폐지되었다. 2005년 2월에 호주제가 헌법상의 양성평등 원칙에 위배된다는 헌법 불합치 결정이 나왔고, 곧 호주제 폐지를 주된 내용으로 하는 개정 민법이 공포되어 2008년 1월 1일부터 시행됐다.[*] 이제 대한민국에 호적 같은 것은 없고, 사람들은 각자의 등록부를 가지고 잘 살고 있다. 자녀가 반드시 아버지의 성을 이어받아야 하는 것도 아니다. 혼인신고 할 때 부부가 합의했다면 어머니의 성과 본을 따를 수 있다. 그럴 수는 있다. 하지만 자녀가 어머니의 성을 따른 경우는 호주제가 폐지된 2008년 65건을 시작으로 매년 200건 안팎에 불과하다.[**]

"아직은 아빠 성을 따르는 사람들이 대부분이긴 하지. 엄마 성을 따랐다고 하면 무슨 특별한 사정이 있다고 생각하겠지. 설명하고 정정하고 확인해야 할 일들도 많이 생기겠지."

김지영 씨의 말에 정대현 씨는 깊이 고개를 끄덕였다. 자신

---

[*] 「호주제 폐지: 호주제, 벽을 넘어 평등 세상으로」, 『참여정부 정책보고서』(2008) 참고.
[**] 「부모가 결정한 내 성, 성평등한가」, 《여성신문》, 2015. 3. 5.

의 손으로 '아니요' 칸에 표시를 하는 김지영 씨의 마음이 왠지 헛헛했다. 세상이 참 많이 바뀌었다. 하지만 그 안의 소소한 규칙이나 약속이나 습관들은 크게 바뀌지 않았다. 그래서 결과적으로 세상은 바뀌지 않았다. 김지영 씨는 혼인신고를 하면 마음가짐이 달라진다는 정대현 씨의 말을 다시 한번 곱씹었다. 법이나 제도가 가치관을 바꾸는 것일까, 가치관이 법과 제도를 견인하는 것일까.

어른들은 계속 '좋은 소식'을 기다리셨다. 부모님과 주변 어른들은 돌아가면서 심상치 않은 꿈을 꾸었고, 그런 아침이면 김지영 씨에게 전화를 걸어 안부를 물어 왔다. 그렇게 몇 달이 지나자 김지영 씨의 건강 상태를 염려하는 듯 의심하기 시작했다.

결혼 후 맞은 시아버지의 첫 생신에는 인사도 할 겸, 부산에 사는 가까운 친척들이 정대현 씨의 집에 모여 점심을 먹었다. 점심을 준비하고 먹고 치우는 내내 어른들은 김지영 씨에게 좋은 소식이 없는지, 왜 없는지, 어떤 노력을 하고 있는지 물었다. 아직 계획이 없다고 했지만 어른들은 김지영 씨의 대답과는 상관없이 자기들끼리 아이가 생기지 않는 것으로 확신하고 그 원인을 찾기 시작했다. 김지영 씨가 나이가 많아서, 몸이 너무 말라서, 손이 찬 걸 보니 혈액 순환이 안 돼서, 턱에 뾰루지가 난 걸 보니 자궁이 좋지 않아서…… 아무튼 김지영 씨의 문제로 결론이 나는 듯했다. 고모님이 정대현 씨의 어머니에게 넌지시 말했다.

"시에미가 눈치도 없이 뭐하고 있는 거야? 얼른 며느리 애 들어서는 약 한 재 지어 줘. 애 그동안 서운했겠다."

조금도 서운하지 않았다. 견딜 수 없는 것은 오히려 그 순간들이었다. 김지영 씨는 충분히 건강하다고, 약 같은 것은 필요 없다고, 가족계획은 처음 보는 친척들이 아니라 남편과 둘이 하겠다고 말하고 싶었다. 하지만 아니에요, 괜찮아요, 라는 말 밖에 할 수가 없었다.

정대현 씨와 김지영 씨는 서울로 올라오는 차 안에서 내내 싸웠다. 김지영 씨는 자신이 무슨 큰 신체적 결함이라도 있는 것처럼 취급받는 동안 남편이 입을 꾹 다물고 있었다는 사실에 너무 실망했고, 정대현 씨는 괜히 나섰다가 어른들 눈 밖에 나서 일을 더 키울까 봐 참은 거라고 했다. 김지영 씨는 정대현 씨의 논리를 이해할 수가 없었고, 정대현 씨는 김지영 씨가 너무 예민하게 받아들이는 거라고 했다. 김지영 씨는 예민하다는 말이 또 서운했다. 변명하려는 말들이 빌미가 되어 싸움은 계속 도돌이표를 찍고 있었다.

휴게소도 한 번 들르지 않고 쉼 없이 달려 아파트 지하 주차장에 차를 세우고 나서야 한참 말이 없던 정대현 씨가 입을 열었다.

"오면서 계속 생각해 봤는데, 우리 식구들 앞에서 네가 서운한 상황이 생겼을 때는 내가 나서는 게 맞는 거 같다. 너보다는 내가 더 편하게 말할 수 있으니까. 반대로 너희 식구들 앞에서는 네가 상황 정리해 주고. 그렇게 하자. 오늘 일은 내가 사과할게. 미안해."

정대현 씨가 갑자기 이렇게 나오니 김지영 씨도 더 이상 화를 낼 수가 없었다. 잘못한 것도 없는데 괜히 눈치를 보며 알았다고 대답했다.

"그리고 잔소리 안 듣는 방법이 있긴 한데……."

"뭔데?"

"그냥 하나 낳자. 어차피 언젠가 낳을 텐데 싫은 소리 참을 거 없이, 한 살이라도 젊었을 때 낳아서 키우자."

정대현 씨는 마치 노르웨이산 고등어를 사자, 라든가 클림

트의 「키스」퍼즐 액자를 걸자, 같은 말을 하는 것처럼 큰 고민 없이 가볍게 말했다. 적어도 김지영 씨에게는 그렇게 들렸다. 구체적인 가족계획이라든가 출산 시기를 얘기해 본 적은 없지만 정대현 씨도 김지영 씨도 결혼을 하면 당연히 아이를 낳아야 한다고 생각하는 사람들이고, 정대현 씨의 말이 틀린 것도 아니었다. 하지만 김지영 씨는 그렇게 쉽게 결정할 수가 없었다.

1년 먼저 결혼한 언니네도 아이가 없고, 친구들도 대부분 결혼이 늦은 편이라 김지영 씨는 임신한 여자와 신생아를 가까이에서 본 적이 없다. 자신의 몸에서 일어날 변화가 어떤 것이고 어느 정도일지 잘 가늠이 되지 않았고, 무엇보다 육아와 직장 생활을 병행할 자신이 없었다. 부부가 모두 퇴근이 늦고 주말 출근이 많아 어린이집이나 베이비시터만으로는 해결할 수 없을 것이다. 양가 부모님도 아이를 돌봐 주실 형편이 되지 않는다. 그러다 문득 아직 생기지도 않은 아이를 남의 손에 맡길 방법부터 고민하고 있다는 사실에 죄책감이 몰려왔다. 이렇게 미안하기만 할 아이를, 키우지도 못할 아이를, 왜 낳으려고 하고 있을까. 김지영 씨가 한숨만 폭폭 내쉬자 정대현 씨가 어깨를 토닥였다.

"내가 많이 도와줄게. 기저귀도 갈고, 분유도 먹이고, 내복도 삶고 그럴게."

김지영 씨는 자신이 느끼는 감정, 그러니까 출산 이후에도 직장 생활을 계속할 수 있을지에 대한 불안감과 벌써 이런 고민을 하고 있다는 데에 대한 죄책감을 남편에게 열심히 설명했다. 정대현 씨는 차분히 아내의 말을 듣고 적절한 순간에 고개를 끄덕였다.

"그래도 지영아, 잃는 것만 생각하지 말고 얻게 되는 걸 생각해 봐. 부모가 된다는 게 얼마나 의미 있고 감동적인 일이야.

그리고 정말 애 맡길 데가 없어서, 최악의 경우에, 네가 회사 그만두게 되더라도 너무 걱정하지 마. 내가 책임질게. 너보고 돈 벌어 오라고 안 해."

"그래서 오빠가 잃는 건 뭔데?"

"응?"

"잃는 것만 생각하지 말라며. 나는 지금의 젊음도, 건강도, 직장, 동료, 친구 같은 사회적 네트워크도, 계획도, 미래도 다 잃을지 몰라. 그래서 자꾸 잃는 걸 생각하게 돼. 근데 오빠는 뭘 잃게 돼?"

"나, 나도…… 나도 지금 같지는 않겠지. 아무래도 집에 일찍 와야 하니까 친구들도 잘 못 만날 거고. 회식이나 야근도 편하게 못할 거고. 일하고 와서 또 집안일 도우려면 피곤할 거고. 그리고 그, 너랑 우리 애랑, 가장으로서…… 그래, 부양! 부양하려면 책임감도 엄청 클 거고."

김지영 씨는 정대현 씨의 말을 감정적으로 받아들이지 않고 있는 그대로 이해하려고 노력했지만 잘 되지 않았다. 자신의 인생이 어떤 방향으로 어떻게 뒤집힐지 모르는 데에 비하면 남편이 열거한 것들은 너무 사소하게 느껴졌다.

"그렇겠네. 오빠도 힘들겠다. 근데 나 오빠가 돈 벌어 오라고 해서 회사 다니는 건 아니야. 재밌고 좋아서 다녀. 일도, 돈 버는 것도."

안 그러려고 했는데 억울하고 손해 보는 기분이 드는 것은 어쩔 수 없었다.


주말 아침, 두 사람은 근처 수목원으로 산책을 갔다. 수목원 가득 알 수 없는 흰 풀들이 빼곡하게 돋아나 있었고, 정대현 씨가 세상에 하얀색 풀도 있냐고 묻기에 김지영 씨가 허브 종류 같다고 대답했다. 둘은 풀을 포근포근 밟으며 흰 들판을 걸었다. 그렇게 한참을 걸었는데 들판 한가운데에 어린 아이 머리통 크기의 둥글고 초록빛을 띠는 뭔가가 불룩 솟아있는 게 보였다. 다가가 보니, 무였다. 커다랗고 윤기 나는 무 하나가 절반 정도 흙에 박혀 있고, 절반 정도는 땅 위로 솟아 있었다. 김지영 씨가 손을 뻗어 무를 들어 올리자 흙이 거의 묻어 있지 않은 매끈한 무가 쑤욱 뽑혀 올라왔다.

정대현 씨는 동화책에서 읽었던 커다란 무 얘기 아니냐며, 무슨 그런 이상한 꿈이 다 있냐고 웃었다. 그 이상한 꿈은, 이번에는 정말 태몽이었다.

김지영 씨는 하품하다 공기만 삼켜도 구역질이 나는 엄청난 입덧을 막달까지 했다. 그 외에는 크게 어디가 아프거나 몸이 붓거나 어지럽지는 않았지만 소화가 잘 안 됐고, 변비가 생겨 늘 아랫배가 묵직했고, 허리가 한 번씩 찌릿찌릿했다. 쉽게 피곤해지고, 잠이 쏟아지는 것이 가장 참기 힘들었다.

회사에서는 임신한 직원들의 안전을 위해 출근과 퇴근 시간을 30분씩 늦출 수 있도록 배려해 주었는데, 김지영 씨가 임신 사실을 알리자마자 남자 동기가 대뜸 말했다.

"와, 좋겠다. 이제 늦게 출근해도 되겠네."

그럼 너도 계속 구역질하고, 제대로 먹지도 싸지도 못하면서, 피곤하고, 졸립고, 여기저기 아픈 상태로 지내든지. 겉으로 말하지는 못했다. 임신으로 인해 겪는 모든 불편과 고통은 전혀 염두에 두지 않는 동기의 말이 조금 서운하긴 했지만, 남편도 아니고 가족도 아닌 사람이 다 이해할 수는 없는 일이다. 김지영 씨가 조용하자 오히려 같이 있던 또 다른 남자 동기가 나무라듯 말했다.

"야, 30분 늦게 오는 대신 30분 늦게 퇴근하잖아. 똑같이 일하는데 왜 그래?"

"우리가 칼퇴하는 회사도 아닌데 뭐. 그냥 30분 날로 먹는 거지.”

홧김에 김지영 씨는 늦게 출근할 생각이 없다고 말했다. 똑같이 출근하고 똑같이 일할 거라고. 1분도 날로 먹을 생각 없다고. 그리고 미어터지는 지옥철을 견디기 힘들어 한 시간씩 일찍 출근하며 내내 섣불리 뱉어 버린 말을 후회했다. 어쩌면 자신이 여자 후배들의 권리를 빼앗고 있는지 모른다는 생각도 들었다. 주어진 권리와 혜택을 잘 챙기면 날로 먹는 사람이 되고, 날로 먹지 않으려 악착같이 일하면 비슷한 처지에 놓인 동료들을 힘들게 만드는 딜레마.

외근을 나가거나, 반차를 내고 병원에 갈 때는 종종 지하철에서 자리를 양보받기도 했는데 출퇴근 시간에는 그렇지 않았다. 김지영 씨는 끊어질 것 같은 허리를 손으로 짚어 견디며 사람들이 무관심한 게 아니라 힘들어 배려할 여력이 없는 거라고 마음을 다독였다. 하지만 앞에 서 있는 것만으로도 불편하고 불쾌한 기색을 보이는 사람들을 마주칠 때는 솔직히 속상하기도 했다.

조금 늦은 퇴근길이었다. 빈자리는 없었고, 빈 손잡이도 거의 없었다. 겨우 출입문 근처의 손잡이 하나를 차지하고 섰는데, 앞자리에 앉은 50대 정도의 아주머니가 김지영 씨의 배를 흘끔흘끔 보더니 몇 개월이냐고 물었다. 김지영 씨는 주위의 시선이 몰리는 것이 싫어 어색하게 웃으면서 대충 얼버무렸다. 아주머니는 다시 퇴근하느냐고 물었고, 김지영 씨는 고개를 끄덕이고 시선을 돌려 버렸다.

“이제 슬슬 허리 아프지? 무릎이랑 발목도 아프고? 내가 사실은 지난주에 산에 갔다가 발목을 접질러서 지금 이렇게 가만히 있어도 시큰시큰해. 발목만 아니면 내가 자리 비켜 줬을 텐데. 아유, 누가 좀 양보해 주면 좋겠는데. 힘들지, 애기 엄마?”

아주머니는 대놓고 두리번거리며 주위에 앉은 사람들을 불편하게 했고, 김지영 씨는 더욱 마음이 불편했다. 괜찮다고, 됐다고, 몇 번 말하다가 안 되겠어서 자리를 옮기려는데, 아주머니의 옆자리에 앉아 있던 대학 마크가 새겨진 점퍼를 입은 아가씨가 짜증스러운 얼굴로 자리를 박차고 일어섰다. 그리고 김지영 씨의 어깨를 툭 밀고 스쳐 지나며 들으라는 듯 말했다.

"배불러까지 지하철 타고 돈 벌러 다니는 사람이 애는 어쩌자고 낳아?"

김지영 씨는 갑자기 눈물이 왈칵 쏟아졌다. 나는 그런 사람이구나. 돈 벌러 다니는 사람, 지하철을 타고, 배가 불러서까지. 숨기거나 가리지도 못하게 굵은 눈물이 쉴 새 없이 흘러내려서 김지영 씨는 다음 역에서 급하게 내려 버렸다. 승강장 벤치에 앉아 한참을 울다가 개찰구 밖으로 나왔다. 아직 집에 가려면 멀었고, 처음 와 보는 동네, 모르는 길이었지만 일단 역사를 빠져나왔다. 갓길을 따라 택시들이 줄지어 손님을 기다리고 있었고, 김지영 씨는 줄의 가장 앞에 세워진 택시에 올라탔다. 어차피 아는 사람도 없는데 지하철에서 좀 울어도 됐다. 당황해서 일단 내리긴 했지만 다음 지하철을 타고 가도 됐다. 그런데 굳이 택시를 잡아 탔다. 그냥 그날은 그러고 싶었다.

김지영 씨보다 조금 더 배가 부른 산부인과 의사는 다정하게 웃으며 핑크색 옷을 준비하라고 했다. 부부는 특정 성별을 선호하지 않았다. 하지만 어른들이 아들을 기다릴 것이 분명했고, 배 속의 아이가 딸이라는 것을 아는 순간 앞으로 스트레스 받는 일이 많이 생길 것 같은 예감이 들어 약간 마음이 무거워졌다. 김지영 씨의 어머니는 대뜸 다음에 아들 낳으면 되지, 했고, 정대현 씨의 어머니는 괜찮다, 라고 했다. 그 말들은 조금도 괜찮지 않았다.

꼭 나이 든 사람들만의 얘기는 아니었다. 첫째가 딸이라 둘째 성별을 알기 전까지 조마조마했다는 얘기, 아들을 가져서 시부모님께 당당해졌다는 얘기, 배 속의 아이가 아들인 것을 알고 비싼 음식들을 마음껏 사다 먹었다는 얘기를 김지영 씨 또래의 사람들도 아무렇지 않게 했다. 김지영 씨는 나도 당당하고, 먹고 싶은 음식 다 잘 먹고 있다고, 그런 건 아이의 성별과 아무 관계가 없다고 말하고 싶었지만 왠지 열등감으로 보일 분위기라 그만두었다.

출산 예정일이 가까워 오면서 김지영 씨는 출산휴가만 낼지, 육아휴직을 할지, 퇴사할지 고민이 많아졌다. 나중에 퇴사를 하더라도 일단 육아휴직을 쓸 수 있는 한 쓰면서 방법을 찾는 것이 김지영 씨에게는 최선이지만 회사와 동료들의 입장은 그렇지 않을 것이다.

김지영 씨와 정대현 씨는 아주 많이 이야기했다. 김지영 씨가 곧바로 복직할 경우, 1년의 육아휴직 이후 복직할 경우, 복직하지 않을 경우, 이렇게 세 가지 상황에서 육아는 누가 전담할지, 비용은 얼마나 들지, 장점과 단점은 무엇인지를 커다란 종이에 차분히 정리해 갔다. 부부가 같은 일을 계속하는 한, 아이를 아예 부산의 부모님께 맡기거나 입주 도우미를 들이는 방법밖에 없었다.

부산 부모님께 맡기는 것은 아무래도 무리일 듯했다. 부모님은 키워 주시겠다고 했지만, 두 분 모두 나이가 많으신 데다 어머니가 최근 허리 디스크 수술까지 하셨다. 입주 도우미를 쓰는 것은 두 사람 모두 내키지 않았다. 입주 도우미는 아이를 돌보는 사람일 뿐 아니라 김지영 씨 가족의 모든 생활과 살림과 시간을 공유하는 사람이다. 아이만 잘 돌봐 줄 사람 구하기도 힘들다던데, 함께 잘 살아갈 타인을 구하는 게 가능할까. 운 좋게 좋은 입주 도우미를 만난다 해도 그 비용이 만만치 않을 것이다. 게다가 언제까지? 혼자 학교도 가고, 학원도 가고, 저녁도 챙겨 먹으라고 할 수 있는 나이는 몇 살쯤일까? 그동안 얼마나 발을 동동거리고, 불안해하고, 죄책감을 느끼며 살아야 할까? 결국 부부 중 한 사람이 직장을 그만두고 아이를 돌보는 것으로 결론이 났고, 그 한 사람은 당연히 김지영 씨였다. 정대현 씨의 직장이 더 안정적이고 수입이 많기도 하고, 그런 모든 이유를 떠나 남편이 일하고 아내가 아이를 키우며 살림을 하는 것이 일반적이기 때문이다.

예상하지 못했던 것도 아닌데 그래도 김지영 씨는 우울해졌다. 정대현 씨가 김지영 씨의 축 처진 어깨를 도닥였다.

"애 좀 크면 잠깐씩 도우미도 부르고, 어린이집도 보내자. 너는 그동안 공부도 하고, 다른 일도 알아보고 그래. 이번 기회에 새로운 일을 시작할 수도 있는 거잖아. 내가 많이 도울게."

정대현 씨는 진심이었고, 그런 남편의 뜻을 잘 알면서도 김지영 씨는 불쑥 화가 났다.

"그놈의 돕는다 소리 좀 그만할 수 없어? 살림도 돕겠다, 애 키우는 것도 돕겠다, 내가 일하는 것도 돕겠다. 이 집 오빠 집 아니야? 오빠 살림 아니야? 애는 오빠 애 아니야? 그리고 내가 일하면, 그 돈은 나만 써? 왜 남의 일에 선심 쓰는 것처럼 그렇게 말해?"

어려운 결정을 잘 마무리해 놓고 갑자기 화를 낸 것 같아 김지영 씨는 조금 미안했다. 당황한 얼굴로 더듬거리는 남편에게 먼저 미안하다고 말했고, 정대현 씨는 괜찮다고 대답했다.

김지영 씨는 대표에게 퇴사하겠다고 말할 때도 울지 않았고, 김은실 팀장이 나중에 꼭 같이 일하자고 할 때도 울지 않았다. 매일 조금씩 짐을 챙겨 나올 때도, 환송회 자리에서도, 마지막 퇴근길에도 울지 않았다. 퇴사 다음 날, 출근하는 정대현 씨에게 우유를 데워 주고 배웅한 후 다시 침대에 들어갔다가 9시가 다 되어서 깼다. 지하철역 가는 길에 토스트 하나 사 먹어야 겠다, 점심은 전주식당에서 비지찌개 먹어야지, 일이 일찍 끝나면 영화나 한 편 보고 들어갈까, 은행에도 들러서 만기된 예금 찾아야 하는데, 생각하다가 이제 출근을 하지 않는다는 사실을 깨달았다. 일상은 예전과 달라졌고 달라진 일상이 익숙해질 때까지는 예측과 계획이 불가능할 것이다. 그제야 눈물이 났다.

첫 직장이었다. 첫발을 내딛은 세상이었다. 사회는 정글이고, 학교 졸업 후 만난 친구는 진짜 친구가 아니라고들 했지만 꼭 그렇지도 않았다. 합리보다 불합리가 많고, 한 일에 비하면 보상도 부족한 회사였지만, 어디에도 소속되지 않는 개인이 되고 보니 든든한 방패막이었다는 생각이 들었다. 동료들도 좋은 사람이 더 많았다. 비슷한 관심사와 취향을 가져서인지 학창 시절 친구들보다 오히려 마음도 잘 맞았다. 돈을 많이 버는 일도, 세상에 큰 목소리를 내는 일도, 눈에 보이고 손에 잡히는 뭔가를 만들어 내는 일도 아니었지만 김지영 씨에게는 무엇보다 즐거운 일이었다. 주어진 일을 해내고 진급하는 과정에서 성취감을 느꼈고, 내 수입으로 내 생활을 책임진다는 것이 보람 있었다. 그런데 그 모든 것이 끝났다. 김지영 씨가 능력이 없거나 성실하지 않은 것도 아닌데 그렇게 되었다. 아이를 남의 손에 맡기고 일하는 게 아이를 사랑하지 않아서가 아니듯, 일을 그만두고 아이를 키우는 것도 일에 열정이 없어서가 아니다.

김지영 씨가 회사를 그만둔 2014년, 대한민국 기혼 여성 다섯 명 중 한 명은 결혼, 임신, 출산, 어린 자녀의 육아와 교육 때문에 직장을 그만두었다.* 한국 여성의 경제활동 참가율은 출

* 「2015 통계로 보는 여성의 삶」, 통계청.

산기 전후로 현저히 낮아지는데, 20~29세 여성의 63.8퍼센트
가 경제활동에 참가하다가 30~39세에는 58퍼센트로 하락하
고 40대부터 다시 66.7퍼센트로 증가한다.＊

　　출산 예정일이 지나도록 진통은 오지 않았다. 아이는 점점
커지고 양수는 줄어들기 시작해 유도분만을 하기로 했다. 입
원 전날 저녁에 김지영 씨와 정대현 씨는 삼겹살을 4인분 먹
고, 밥도 한 그릇씩 든든히 먹고, 일찍 잠자리에 들었다. 김지영
씨는 잠이 오지 않았다. 무섭기도 하고 궁금하기도 하고 지나
간 사소한 기억들, 그러니까 어렸을 때 언니가 만들기 숙제를
대신 해 주었던 일, 언젠가 소풍날 엄마가 단무지를 깜빡 빼먹
고 김밥을 싸 주었던 일, 입덧이 심할 때 동기 언니가 뻥튀기를
사다 주었던 일들이 불쑥불쑥 떠올랐다. 그때의 기분과 감각이
생생하게 되살아났다. 새벽이 되어서야 겨우 잠이 들었고, 잠
깐 동안 아이를 낳는 꿈을 여러 번 꾸었다.
　　김지영 씨는 아침 일찍 병원에 가서 옷을 갈아입고, 관장
을 하고, 태동기를 배에 두르고, 분만대기실 침대에 누워 촉진
제를 맞았다. 그제야 잠이 몰려 깜빡깜빡 졸고 있는데, 잠이
들 만하면 두 명의 간호사와 한 명의 의사가 번갈아 내진을 했
다. 검진 때와는 차원이 다른 내진이었다. 아기의 손을 잡아 데
리고 나오기라도 할 듯 적극적이고 거칠었고, 몸속에서 태풍이
나 지진 같은 자연재해가 일어나는 것 같았다. 슬슬 척추 끝에
서부터 통증이 시작됐다. 통증은 점점 강해졌고, 주기는 짧아
졌고, 어느새 김지영 씨는 베개의 솔기를 다 잡아 뜯으며 울부
짖고 있었다. 레고 인형의 다리와 몸통을 잡아 반대 방향으로
돌려 분리하고 있는 것처럼 허리가 뒤틀리는 진통이 계속되는

---

＊ 최민정, 「경력단절 여성 지원정책의 현황과 과제」, 『보건복지포럼 2015. 9.』, 63쪽.

데, 자궁 입구는 좀처럼 열리지 않고 아기도 내려오지 않았다. 본격적인 진통 이후로 김지영 씨는 한 가지 얘기만 홀린 것처럼 반복했다. 무통, 무통, 무통 놔 주세요, 제발요, 무통 놔 주세요……. 무통 주사는 부부에게 약 2시간 30분의 평화를 선사했다. 하지만 짧은 휴지기 이후에 찾아온 통증은, 이전과는 비교가 안 될 정도로 엄청난 것이었다.

아기는 새벽 4시에 태어났다. 아기가 너무 예뻐서 김지영 씨는 진통할 때보다 더 많이 울었다. 하지만 예쁜 아기는 안아 주지 않으면 밤이고 낮이고 울기만 했고, 김지영 씨는 아기를 안은 채 집안일도 하고, 화장실도 가고, 잠도 자야 했다. 아기에게 두 시간에 한 번씩 젖을 먹이면서, 그래서 두 시간 이상 잠을 자지 못하면서, 예전보다 더 깨끗하게 집을 청소하고, 아기의 옷과 수건들을 빨고, 젖이 잘 나오도록 자신의 밥도 열심히 챙겨 먹으며 김지영 씨는 태어나 가장 많이 울었다. 무엇보다 몸이 아팠다.

손목을 도저히 움직일 수 없을 지경이 되었다. 김지영 씨는 토요일 아침 일찍 정대현 씨에게 아기를 맡기고, 발목을 다쳤을 때 치료받은 적 있는 집 앞 정형외과를 찾아갔다. 할아버지 의사는 염증이 있기는 한데 심각한 수준은 아니라며 손목 쓰는 일을 하느냐고 물었다. 출산한 지 얼마 되지 않았다고 대답하자 이해가 간다는 듯 고개를 끄덕였다.

"원래 애 낳고 나면 마디마디가 다 약해져. 모유 먹이면 약도 편하게 못 쓰는데. 물리치료 받으러 올 수는 있어?"

김지영 씨는 고개를 저었다.

"손목 많이 쓰지 말고 잘 쉬어. 어쩔 수 없지 뭐."

"애 보고, 빨래하고, 청소하고…… 손목을 안 쓸 수가 없어요."

김지영 씨가 푸념하듯 낮게 말하자 할아버지 의사는 피식

웃었다.

"예전에는 방망이 두드려서 빨고, 불 때서 삶고, 쭈그려서 쓸고 닦고 다 했어. 이제 빨래는 세탁기가 다 하고, 청소는 청소기가 다 하지 않나? 요즘 여자들은 뭐가 힘들다는 건지."

더러운 옷들이 스스로 세탁기에 걸어 들어가 물과 세제를 뒤집어쓰고, 세탁이 끝나면 다시 걸어 나와 건조대에 올라가지는 않아요. 청소기가 물걸레 들고 다니면서 닦고 빨고 널지도 않고요. 저 의사는 세탁기, 청소기를 써 보기는 한 걸까.

의사는 모니터에 뜬 김지영 씨의 이전 치료 기록들을 훑어본 후, 모유 수유를 해도 괜찮은 약들로 처방하겠다고 말하며 마우스를 몇 번 클릭했다. 예전에는 일일이 환자 서류 찾아서 손으로 기록하고 처방전 쓰고 그랬는데, 요즘 의사들은 뭐가 힘들다는 건지. 예전에는 종이 보고서 들고 상사 찾아다니면서 결재 받고 그랬는데, 요즘 회사원들은 뭐가 힘들다는 건지. 예전에는 손으로 모심고 낫으로 벼 베고 그랬는데, 요즘 농부들은 뭐가 힘들다는 건지……라고 누구도 쉽게 말하지 않는다. 어떤 분야든 기술은 발전하고 필요로 하는 물리적 노동력은 줄어들게 마련인데 유독 가사 노동에 대해서는 그걸 인정하지 않으려 한다. 전업주부가 된 후, 김지영 씨는 '살림'에 대한 사람들의 태도가 이중적이라는 생각이 들 때가 많았다. 때로는 '집에서 논다'고 난이도를 후려 깎고, 때로는 '사람을 살리는 일'이라고 떠받들면서 좀처럼 비용으로 환산하려 하지 않는다. 값이 매겨지는 순간, 누군가는 지불해야 하기 때문이겠지.

김지영 씨의 어머니는 가게일 때문에 딸의 몸조리를 도와주지 못했다. 주변에 다양한 식당이 들어서면서 죽집도 처음 같지는 않았고, 종업원 수를 줄여 인건비를 아끼는 대신 그 공백을 어머니가 채우고 있기 때문이다. 그래도 공부가 길어지는 아들 하나 뒷바라지할 정도의 매출은 유지했다. 어머니는 짬짬이 김지영 씨의 집으로 죽집 메뉴들을 포장해 날랐다.

"비쩍 말라 가지고는 애도 낳고, 젖도 먹이고, 혼자 잘 키우는 거 보면 대견하다. 모성애가 이렇게 위대하구나."

"엄마는 우리 키울 때 어땠어? 힘들지 않았어? 후회하지 않았어? 그때 엄마는 위대했어?"

"아유, 말도 마. 하여간 늬 언니는 그때도 빽빽 울었어. 밤이고 낮이고 하도 울어서 내가 병원을 몇 번을 갔는지 모른다. 애는 셋이나 되지, 늬 아빠는 기저귀 한 번 가는 법이 없지, 늬 할머니는 그 와중에도 세 끼 따박따박 드시지. 할 일은 많고, 잠은 오고, 몸은 아프고, 아주 지옥이 따로 없었다."

그런데 왜 어머니는 힘들다고 얘기하지 않았을까. 김지영 씨의 어머니뿐 아니라 이미 아이를 낳아 키워 본 친척들, 선배들, 친구들 중 누구도 정확한 정보를 주지 않았다. TV나 영화에는 예쁘고 귀여운 아이들만 나왔고, 어머니는 아름답다고 위대하다고만 했다. 물론 김지영 씨는 책임감을 가지고 최대한 아이를 잘 키울 것이다. 하지만 대견하다거나 위대하다거나 하는 말은 정말 듣기 싫었다. 그런 소리를 들으면 힘들어 하는 것조차 안 될 일처럼 느껴졌기 때문이다.

김지영 씨가 결혼하던 해에 자연주의 출산 관련 다큐멘터리가 TV에서 방영되고, 이후로 관련한 책들이 출간되면서 자연주의 출산 붐이 있었다. 의료진의 개입을 최대한 줄이고, 아이와 엄마가 주체가 되어 자연스럽게 아기를 낳자는 것이다. 하지만 두 사람의 목숨이 걸린 일이다. 김지영 씨는 전문가의 도움을 받아 출산하는 것이 안전하다고 생각해 병원을 선택했고, 출산 방법은 부모의 가치관과 사정에 따른 판단일 뿐 어느 것이 더 낫고 말고 할 것은 없다는 입장이었다. 그런데 적지 않은 언론에서 병원의 처치와 약물들이 아이에게 미칠 수 있는 인과

관계도 불분명한 악영향을 언급하며 죄책감과 불안감을 안겨 주었다. 머리만 좀 지끈거려도 쉽게 진통제를 삼키는 사람들이, 점 하나 뺄 때도 꼭 마취 연고를 바르는 사람들이, 아이를 낳는 엄마들에게는 기꺼이 다 아프고, 다 힘들고, 죽을 것 같은 공포도 다 이겨 내라고 한다. 그게 모성애인 것처럼 말한다. 세상에는 혹시 모성애라는 종교가 있는 게 아닐까. 모성애를 믿으십쇼. 천국이 가까이 있습니다!

"매번 음식 고마워. 엄마 없었으면 난 굶어 죽었을 거야."

김지영 씨는 고맙다는 말만 했다. 이제 와서 어머니께 할 수 있는 말은 그것밖에 없었다.

입사 동기 강혜수 씨가 하루 휴가를 냈다며 아이 내복, 기저귀 그리고 립글로스를 사 들고 김지영 씨의 집에 놀러 왔다.

"립글로스는 뭐야?"

"나 지금 바른 거. 색깔 괜찮지? 우리 피부톤 비슷해서 잘 받는 색도 비슷하잖아."

엄마도 여자라거나, 집에만 퍼져 있지 말고 좀 꾸미라거나 하는 말을 하지 않아서 좋았다. 너한테 잘 어울릴 것 같아서 선물한다. 끝. 깔끔하다. 김지영 씨는 기분이 좋아졌고, 그 자리에서 립글로스부터 열어 발라 보았다. 정말 김지영 씨에게 잘 어울렸고 기분이 더 좋아졌다.

두 사람은 중국집에서 짜장면과 탕수육을 시켜 먹으며 밀린 얘기들을 실컷 했다. 김지영 씨는 사이사이 딸 정지원 양에게 젖을 먹이고, 이유식을 먹이고, 기저귀를 갈고, 우는 아이를 안고 집 안을 걸어 다니고, 토닥여 재웠다. 강혜수 씨는 겁이 난다며 아기에게 손도 잘 못 댔지만, 전자레인지에 이유식을 데워 주고, 기저귀를 가져다 주고, 빈 그릇을 정리해 주었다. 잠든 지원이를 한참 신기한 듯 보던 강혜수 씨가 말했다.

"너무 귀엽고 예쁘다. 그렇다고 내가 낳아 키우고 싶다는 건 아니고."

"응. 귀엽고 예뻐. 그렇다고 언니도 낳아 키우라는 건 아니고. 진짜진짜 아니고. 근데 혹시 낳아 키우게 되면 지원이 옷 깨끗하게 뒀다가 물려줄게."

"그러다가 아들이면?"

"언니, 애들 옷이 얼마나 비싼 줄 알아? 물려줄 사람만 있다면 핑크색이건 똥색이건 안 가리게 될걸?"

강혜수 씨는 깔깔 웃었다. 김지영 씨는 그런데 무슨 일로 휴가를 낸 거냐고, 요즘은 일이 많지 않느냐고 물었고 강혜수 씨는 요즘 회사가 발칵 뒤집혔다고 했다. 사무실 바로 앞의 여자 화장실에 몰카가 있었다는 것이다. 건물 보안 요원인 20대 남자의 짓이었다. 재작년인가, 입주사 회의에서 새로운 보안 업체와 계약을 맺으며 건물 입구의 경비 할아버지들이 젊은 보안 요원으로 싹 바뀌었다. 몇 명은 아무래도 젊은 사람들이라 안심된다고 했고, 몇 명은 도둑보다 보안 요원이 더 무섭다고 했다. 김지영 씨는 그럼 경비 할아버지들은 다 어디로 갔을까 생각했더랬다.

더 한심한 것은 몰카가 밝혀진 과정이다. 보안 요원이 몰래 찍은 사진들을 한 성인 사이트에 꾸준히 올렸는데, 그 사이트의 회원이던 회사의 남자 과장이 문제의 사진을 발견한 것이다. 과장은 사진 속 화장실의 구도나 여성들의 옷차림이 어딘가 낯익다고 느꼈고, 곧 동료들이라는 사실을 알아챘다. 그런데 그는 경찰에 신고하거나 피해자들에게 알리지 않고 다른 남자 사원들과 사진을 공유했다. 어떤 사진을, 몇 명의 남자들이, 얼마나 오랫동안 돌려 보며, 무슨 대화를 했는지, 아직 다 밝혀지지 않았다. 아무튼 사진을 보게 된 또 다른 남자 직원이 사귀던 여직원에게 자꾸만 다른 층의 화장실을 쓰라고 했고, 이상하게 생각한 여자가 남자를 추궁해 모든 사실을 알게 됐다. 하지만 그녀도 곧바로 공론화하지 못했다. 연애 사실을 비밀로 하고 있었기 때문이다. 고민 끝에 그녀는 친한 동료 한 사람에게만 사실을 말했는데, 그게 바로 강혜수 씨였다.

"나는 여자들한테 다 알렸어. 같이 가서 카메라도 찾아내고, 경찰에 신고도 하고. 지금 그 미친 보안 요원 새끼랑 사진 돌려본 우리 회사 변태 남자들도 다 경찰 조사 받고 있어."

"하, 더러워. 너무 더러워."

김지영 씨는 그 말밖에 나오지 않았다. 그리고 순간, 그럼 나도 찍혔을까, 회사 사람들이 봤을까, 지금 인터넷에 떠돌고 있을까, 하는 생각이 들었다. 김지영 씨의 마음을 읽었는지 강혜수 씨는 몰카가 설치된 것은 이번 여름, 그러니까 김지영 씨가 퇴사한 이후라고 했다.

"나 사실 정신과 다니고 있어. 아무렇지 않은 척 일부러 더 크게 웃고 다니지만 정말 미칠 것 같아. 모르는 사람이랑 눈만 마주쳐도 저 사람 내 사진을 본 건가 싶고, 누가 웃으면 나를 비웃는 거 같고, 세상 사람들이 다 나를 알아보는 것 같아. 여직원들 대부분 약 먹고, 상담 받고, 그러고 있어. 정은이는 수면제 먹어서 응급실 갔었어. 총무팀 두 명이랑 최혜지 대리, 박선영 대리는 퇴사했고."

만약 계속 회사에 다녔다면 김지영 씨도 몰카에 찍혔을 것이다. 다른 여직원들처럼 불안해하고, 병원에 다니고, 그러다가 회사를 그만두었을지도 모른다. 벗은 몸 사진이 떠도는 일이 평범한 사람들에게 이렇게 쉽게 일어날 줄은 몰랐다. 화장실에 몰래카메라를 설치하는 남자 보안 요원과 그렇게 찍힌 사진을 돌려 보는 남자 동료들. 강혜수 씨는 이제 세상 어떤 남자도 믿을 수 없을 것 같다고 했다.

"그런데 조사받은 남자 직원들이 우리한테 너무했대. 자기들이 몰카를 설치한 것도 아니고, 사진을 찍은 것도 아니고, 그냥 아무나 볼 수 있는 사이트에 올라온 사진 좀 본 거 가지고 성범죄자를 만들려고 한다면서. 사진 유포했잖아. 범죄를 방조했잖아. 근데 그게 잘못인 줄도 몰라. 완전히 개념이 없더라니까."

김은실 팀장과 그나마 정신줄을 챙기고 있는 피해자 몇 명이 모여 여성 단체의 자문을 얻어 가며 대응하고 있고, 김은실 팀장은 원하는 여사원들을 싹 데리고 나가 회사를 차리려고 준비 중이다. 분명한 사과와 재발 방지 약속, 책임자 처벌을 요구했지만 남자 대표가 조용히 덮으려고만 하기 때문이다. 이 바닥에 알려지기라도 하면 회사는 어쩌라는 거냐. 남자 직원들도 다 가정이 있고 부모가 있는데, 사람 인생을 이렇게까지 망쳐 놓아야 속이 시원하겠느냐. 여자들 입장에서도 사진 나돌고 그런 거 소문나서 좋을 거 없지 않느냐. 또래 한국 남자들에 비해 감각도 생각도 젊던 대표의 입에서 너무 뻔하고 이기적인 자기방어의 망발들이 쏟아져 나왔고, 김은실 팀장이 참다참다 한마디 했다.

"가정이 있고 부모가 있다는 건, 그런 짓을 용서해 줄 이유가 아니라 하지 말아야 할 이유입니다. 대표님 생각부터 고치세요. 그런 가치관으로 계속 사회생활하시다가는 이번 일 운 좋게 넘기더라도 비슷한 일 또 터집니다. 그동안 성희롱 예방 교육 제대로 안 한 건, 아시죠?"

사실 김은실 팀장도 두렵고 지쳐 있었다. 김은실 팀장도, 강혜수 씨도, 함께 고민하고 있는 피해자들 모두 일이 빨리 마무리되어 일상으로 돌아가고 싶었다. 가해자들이 작은 것 하나라도 잃을까 전전긍긍하는 동안 피해자들은 모든 것을 잃을 각오를 해야 했다.


돌이 조금 지나면서 어린이집에 다니기 시작한 정지원 양은 의외로 잘 적응했다. 9시 30분까지 어린이집에 가서 간식을 먹고, 잠깐 놀다가, 점심을 먹고, 1시 전에 집에 와서 씻고 낮잠을 잤다. 데려다주고 데려오는 시간을 빼면 김지영 씨에게 3시간 정도 여유가 생긴 셈이다. 그렇다고 그 시간들이 온전히 김지영 씨의 휴식 시간이 되는 것은 아니었다. 정신없이 빨래를 돌리고, 쌓아 놓은 설거지를 하고, 집을 정리하고, 아이가 먹을 간식과 반찬들을 만들었다. 차분하게 커피 한잔 마시는 날이 드물었다.

실제로 0~2세 자녀를 돌보는 전업주부의 여가 시간은 하루 4시간 10분 정도고, 아이를 기관에 보내는 주부의 여가 시간은 4시간 25분으로 하루 15분 차이밖에 나지 않는다. 아이를 기관에 보낸다고 주부가 푹 쉴 수 있는 것도 아니라는 뜻이다. 아이를 데리고 집안일을 하느냐 아이 없이 하느냐의 차이가 있을 뿐이다.* 물론 김지영 씨는 마음 편하게 집안일에 집중할 수 있다는 것만으로도 살 것 같았다.

어린이집 선생님은 지원이가 순하고 적응도 잘하는 편이라 낮잠까지 자고 조금 더 늦게 가도 될 것 같다고 했다. 그래도 당분간 점심 먹고 바로 데려가겠다고 말은 했지만 아이를 조금 더 어린이집에 맡길 수 있다니 김지영 씨는 뭔가 시작해보고 싶었다.

지원이가 태어나기 전, 정대현 씨와 김지영 씨는 맞벌이를 하며 알뜰하게 모아 전세 대출금을 다 갚았다. 그런데 계약 기간 2년이 지나자 집주인은 주변 시세에 따라 보증금을 6000만 원 올렸고, 부부는 다시 대출을 받아야 했다. 정대현 씨의 수입만으로는 보증금 걱정, 이사 걱정 안 하고 세 식구 마음 편히 살 수 있는 작은 집 한 채 마련하는 것이 까마득했다. 지원이가

---

* 「전업주부의 종말」, 《한겨레21》, 제948호 참고.

자라서 유치원에 다니고, 학원에 다니게 되면 그 비용을 감당하기는 더 힘들 것이다. 김지영 씨는 돈을 벌어야 한다는 부담을 크게 느끼고 있었다. 집값도, 물가도, 교육비도, 끝을 모르고 오르고 있다. 애초에 물려받은 것이 많거나, 극소수의 고소득 전문직이 아닌 이상 다들 사는 게 팍팍했다.

김지영 씨의 주변에도 아이를 기관에 보내고 일을 다시 시작한 엄마들이 많았다. 원래 일하던 업종에서 프리랜서로 전환한 경우도 있었고, 방문 교사나 학원 강사, 공부방 창업 등 사교육 시장에 뛰어든 경우도 있었고, 캐셔, 서빙, 정수기 관리, 전화 상담 등 각종 파트타임으로 일하는 경우가 가장 많았다. 직장을 그만둔 여성의 절반 이상이 5년 넘도록 새 일자리를 찾지 못하는 실정이다. 어렵게 재취업하더라도 직종과 고용 형태 면에서 모두 하향 이동하는 경우가 많다. 퇴직 이전의 직장과 비교해 보면 재취업 시 4인 이하 규모의 영세 사업장에서 일하는 비율은 두 배로 뛰고, 제조업과 사무직이 줄어드는 반면 숙박, 음식점업과 판매직은 늘어난다. 임금 조건 역시 좋을리 없다.＊

무상 보육이 시작되면서 사람들은 요즘 젊은 엄마들이 아이는 어린이집에 보내 놓고 커피를 마시고, 손톱 관리를 받고, 백화점에서 쇼핑이나 하고 다닌다고들 했다. 하지만 지금 대한민국에 그 정도 경제력을 갖춘 30대는 극히 일부다. 최저임금을 받으며 식당과 카페에서 음식을 나르고, 남의 손톱을 정리하고, 마트와 백화점에서 물건을 파는 엄마들이 더 많다. 딸이 태어난 후 김지영 씨는 또래의 일하는 여성들과 마주칠 때면 아이가 있을까, 몇 살일까, 누구에게 맡겼을까 궁금해졌다. 경기 불황, 높은 물가, 열악한 노동 현장…… 삶의 어떤 고난도 남녀

---

＊ 김영옥, 「경력단절 여성 현황과 정책과제」, 「2015 KEIS 노동시장 분석」.

를 가리지 않는다는 당연한 사실을 인정하지 않으려는 사람들이 많았다.

김지영 씨는 딸을 어린이집에 데려다주고 반찬거리를 사러 마트에 들렀다가 마트 입구의 아이스크림 가게에서 평일 아르바이트생을 구한다는 광고지를 보았다. 오전 10시부터 오후 4시까지. 시급 5600원. 주부 환영. 눈이 번쩍 뜨였다. 지금 점원도 주부인 것 같았다. 괜히 아이스크림을 한 컵 사 먹으며 구인 광고에 대해 물었더니 친절하게 설명해 주었다. 본인도 두 아이 엄마인데, 아이들을 어린이집에 보내고 4년 가까이 일했다고 한다. 첫째가 초등학교에 입학하게 되어 그만두는 거라며 많이 아쉬워했다.

"건물 안에 있는 거라 평일에는 손님이 많지도 않고, 날이 추워지면 더 한가해요. 처음에는 아이스크림 푸느라 팔이 좀 아팠는데, 그것도 요령이 생기니까 괜찮더라고요."

"근데 2년 넘게 일하면 원래 정규직으로 전환되어야 하는 거 아니에요?"

"아유, 애기 엄마도 참. 무슨 그런 순진한 소리가 다 있어? 근로계약서 쓰고, 4대 보험 되고 그런 알바 자리 없어요. 내일부터 나오세요, 알겠습니다, 그렇게 구두계약하고, 적당히 내 통장으로 입금되다가 남편 통장으로 입금되다가 그러는 거지. 그래도 난 오래 일했다고 퇴직금 조로 조금 챙겨 준다더라고."

같은 아이 엄마라서 그랬는지, 김지영 씨가 순진한 소리를 해서 그랬는지, 점원은 마음이 쓰이는 눈치였다. 아이 어린이집 보낸 사이에 할 수 있는 일이 많지 않다고, 이만한 일자리 없다고, 일단 구인 광고는 떼어 놓을 테니 생각해 보고 빨리 연락 달라고 했다. 김지영 씨가 남편과 상의해 보겠다고 대답하고 돌아서는데, 점원이 말했다.

"나도 대학까지 나온 사람이에요."

점원의 뜬금없는 말에, 어이없게도 김지영 씨는 울컥 서러워졌다. 내내 점원의 마지막 말이 머릿속을 맴돌았다. 밤늦게 퇴근한 정대현 씨에게 의견을 물었더니, 잠시 시계를 보면서 생각하던 정대현 씨가 되물었다.

"하고 싶은 일이야?"

사실 김지영 씨는 아이스크림을 별로 좋아하지 않는다. 아이스크림에 관심도 없고, 앞으로 관련한 공부를 하거나 관련 업종에 종사하게 될 것 같지도 않다. 아르바이트를 성실히 한다고 정직원이 되거나 매니저가 되거나 원하는 부서에서 일하게 되는 것도 아니다. 시급은 아마 매년 최저임금이 오르는 딱 그만큼 오를 것이다. 미래랄 게 없는 일이지만 당장의 장점들이 구체적으로 다가왔다. 평범한 월급쟁이 가정에 70만 원 가까운 월수입은 결코 무시할 수 없는 금액이다. 어린이집 이외에 다른 육아 도우미를 구하지 않아도 되고, 적당히 육아와 가사도 병행할 수 있다. 쉽게 결정할 수 없었다.

"하고 싶은 일이야?"

정대현 씨가 다시 물었고, 김지영 씨는 그건 아니라고 대답했다.

"물론 사람이 하고 싶은 일만 하고 살 순 없지. 그런데 지영아, 나는 지금 하고 싶은 일을 하고 있어. 나는 하고 싶은 일 하면서, 너 하고 싶은 일 못 하게 만든 걸로도 모자라, 하고 싶지 않은 일 하라고는 못 하겠다. 아무튼 지금 내 생각은 그래."

김지영 씨는 10년 만에 다시 진로를 고민했다. 10년 전에는 적성과 흥미를 가장 중요하게 생각했는데, 이번에는 훨씬 더 다양한 요소들을 고려해야 했다. 최우선 조건은 지원이를 최대한 자신이 돌볼 수 있을 것. 도우미를 따로 고용하지 않고 어린이집에만 보내고도 일할 수 있을 것.

홍보대행사 일을 하면서 김지영 씨는 항상 기자가 되고 싶었다. 언론사에 공채 신입 사원으로 들어가는 것은 현실적으로 어렵겠지만, 프리랜서 기자나 자유기고가에 도전해 볼 수 있지 않을까 싶었다. 뭔가 시작한다고 생각하니 오랜만에 설렜다. 먼저 관련 교육기관들을 알아보았는데 수업이 대부분 늦은 저녁에 있었다. 직장인들이 퇴근하고 가기 딱 적당한 시간. 어린이집은 이미 끝났을 때고, 남편이 칼퇴근을 하고 돌아온대도 그때 집에서 출발해서는 수업의 절반쯤은 날리게 될 것이다. 수업 듣는 동안만 베이비시터를 쓰려고 알아보는데, 짧은 시간, 단기 시터를 하려는 사람은 더 구하기가 어려웠다. 일을 하는 것도 아니고 일을 배우기 위한 강의를 듣는데도 시터를 따로 구해야 한다는 사실에 벌써 지치는 기분이었다. 수업료에 시터 비용까지 더하니 금액이 너무 커져 부담스럽기도 했다.

낮 시간 강좌들은 대부분 취미반이거나 독서, 논술, 역사 지도사 같은 어린이 대상 강사 자격증 준비반이었다. 여유가 있으면 취미 생활을 하고, 여유가 없으면 내 애든 남의 애든 가르치라는 건가. 아이를 낳았다는 이유로 관심사와 재능까지 제한받는 기분이었다. 설렘은 잦아들고 무기력이 찾아왔다. 뒤늦게 아이스크림 가게에 찾아갔을 때는 이미 새로운 아르바이트생이 일을 시작한 후였다. 김지영 씨는 앞으로 시간과 조건이 맞는 아르바이트 자리가 생기면 업종에 관계없이 무조건 해야겠다고 생각했다.


더위가 완전히 꺾이고, 이제 정말 가을이라고 불러도 될 날들이 이어졌다. 김지영 씨는 지원이를 어린이집에서 데리고 나와 유모차에 태웠다. 추워지기 전에 햇볕도 쬐고 바람도 쐬게 하려고 가까운 동네 공원으로 유모차를 밀고 가는데, 아이가 유모차 안에서 잠들어 버렸다. 그냥 집으로 돌아갈까 하다가 날씨가 좋아서 계속 걸었다. 공원 맞은편 건물 1층에 카페가 새로 생겨 할인 행사를 하고 있었다. 김지영 씨는 아메리카노 한 잔을 사 들고 공원 벤치에 앉았다.

지원이는 입가에 투명하고 커다란 침을 흘리며 잠들었고, 오랜만에 밖에서 마시는 커피는 맛이 좋았다. 바로 옆 벤치에는 서른 전후로 보이는 직장인들이 모여서 김지영 씨와 같은 카페의 커피를 마시고 있었다. 얼마나 피곤하고 답답하고 힘든지 알면서도 왠지 부러워 한참 그들을 쳐다보았다. 그때 옆 벤치의 남자 하나가 김지영 씨를 흘끔 보더니 일행에게 뭔가 말했다. 정확하지는 않지만 간간이 그들의 대화가 들려왔다. 나도 남편이 벌어다 주는 돈으로 커피나 마시면서 돌아다니고 싶다…… 맘충 팔자가 상팔자야…… 한국 여자랑은 결혼 안 하려고…….

김지영 씨는 뜨거운 커피를 손등에 왈칵왈칵 쏟으며 급히 공원을 빠져나왔다. 중간에 아이가 깨서 우는데도 모르고 집까지 정신없이 유모차를 밀며 달렸다. 오후 내내 멍했다. 아이에게 데우지도 않은 국을 먹였고, 깜빡 기저귀를 안 채워 옷을 다 버렸고, 세탁기 돌려 놓은 것을 까맣게 잊고 있다가 지원이가 잠든 후에 꾸깃꾸깃해진 빨래들을 널었다. 회식을 하고 12시가 넘어서 들어온 정대현 씨가 붕어빵 봉지를 내려놓고서야 점심도 저녁도 먹지 않았다는 사실을 깨달았다. 종일 밥을 먹지 않았다고 말하자, 정대현 씨가 무슨 일이 있느냐고 물었다.

"사람들이 나보고 맘충이래."

김지영 씨의 대답에 정대현 씨는 길게 한숨을 내쉬었다.

"댓글 다 초딩들이 쓴 거야. 그런 말 인터넷에나 나오지 실제로 쓰는 사람 없어. 아무도 그런 생각 안 해."

"아니야. 아까 내가 직접 들었어. 저기 길 건너 공원에서 서른쯤 된 양복 입고 회사 다니는 멀쩡한 남자들이 그랬어."

김지영 씨는 낮에 있었던 일들을 남편에게 얘기했다. 그때는 그저 당황스럽고 수치스럽고 도망치고 싶은 마음뿐이었는데 다시 상황을 복기하고 있으려니 얼굴이 달아오르고 손이 떨렸다.

"그 커피 1500원이었어. 그 사람들도 같은 커피 마셨으니까 얼만지 알았을 거야. 오빠, 나 1500원짜리 커피 한잔 마실 자격도 없어? 아니, 1500원 아니라 1500만 원이라도 그래. 내 남편이 번 돈으로 내가 뭘 사든 그건 우리 가족 일이잖아. 내가 오빠 돈을 훔친 것도 아니잖아. 죽을 만큼 아프면서 아이를 낳았고, 내 생활도, 일도, 꿈도, 내 인생, 나 자신을 전부 포기하고 아이를 키웠어. 그랬더니 벌레가 됐어. 난 이제 어떻게 해야 돼?"

정대현 씨는 가만히 김지영 씨의 어깨를 끌어다 안았다. 뭐라고 말해야 할지 알 수 없어 그저 등을 토닥이며 아니야, 그런 생각 하지 마, 라는 말만 반복했다.

김지영 씨는 한 번씩 다른 사람이 되었다. 살아 있는 사람이기도 했고, 죽은 사람이기도 했는데, 모두 김지영 씨 주변의 여자였다. 아무리 봐도 장난을 치거나 사람들을 속이는 것 같지는 않았다. 정말, 감쪽같이, 완벽하게, 그 사람이 되었다.

# 2016년

김지영 씨와 정대현 씨의 얘기를 바탕으로 김지영 씨의 인생을 거칠게 정리하자면 이 정도다. 김지영 씨는 일주일에 두 번, 45분씩 상담을 받고 있는데, 증상이 나타나는 빈도는 줄었지만 완전히 없어지지는 않았다. 나는 당장의 우울감과 불면증에 도움을 주기 위해 김지영 씨에게 항우울제와 수면제를 처방했다.

처음 정대현 씨의 이야기를 들었을 때는 책에서만 보던 해리장애인가 싶었는데, 김지영 씨를 직접 만나 보니 산후우울증에서 육아우울증으로 이어진 매우 전형적인 사례라는 생각이 들었다. 하지만 상담이 이어질수록 확신이 옅어졌다. 그렇다고 김지영 씨가 폐쇄적이거나 거부 반응을 보였다는 뜻은 아니다. 김지영 씨는 당장의 고통과 부당함을 호소하지도 않고, 어린 시절의 상처를 계속 되새기지도 않는 편이다. 먼저 쉽게 입을 열지는 않지만 한번 물꼬가 트이면 깊은 곳의 이야기까지 스스로 끄집어내 담담하고 조리 있게 잘 말한다. 김지영 씨가 선택해서 내 앞에 펼쳐 놓은 인생의 장면 장면들을 들여다보며 나는 내 진단이 성급했다는 것을 깨달았다. 틀렸다는 뜻은 아니다. 내가 미처 생각지 못하는 세상이 있다는 뜻이다.

내가 평범한 40대 남자였다면 끝내 알지 못했을 것이다. 대학 동기이자 나보다 공부도 잘하고, 욕심도 많던 안과 전문의 아내가 교수를 포기하고, 페이닥터가 되었다가, 결국 일을 그만두는 과정을 지켜보면서 나는 대한민국에서 여자로, 특히 아이가 있는 여자로 산다는 것이 어떤 것인지 알게 되었다. 사실 출산과 육아의 주체가 아닌 남자들은 나 같은 특별한 경험이나 계기가 없는 한 모르는 게 당연하다.

시부모님은 지방에 계시고, 친정 부모님은 미국에 계시는 아내는 어린이집과 시시때때로 바뀌는 시터 이모들에게 번갈아 아이를 맡기며 하루하루 말 그대로 버텨 냈다. 드디어 초등학생이 된 아이는 수업이 끝나면 오후 돌봄교실에서 시간을 보내다가 사범님을 따라 태권도 학원에 가서 태권도와 줄넘기를 배우며 엄마의 퇴근을 기다렸다. 아내는 이제 좀 숨통이 트이는 것 같다고 했다. 그런데 여름방학이 되기도 전에 아내가 학교에 불려 갔다. 아이가 같은 반 친구의 손등에 연필심을 꽂은 것이다.

수업 시간에 자꾸만 돌아다닌다고 했다. 자기 국에 침을 뱉으며 먹는다고 했다. 친구들의 정강이를 걷어차고, 선생님에게 욕을 한다고 했다. 아내는 크게 충격을 받았다. 어린이집에 가기 싫다고, 엄마 출근하지 말라고, 종종 울기는 했지만 아이는 늘 순하고 착하다는 소리를 들으며 자랐다. 맞거나 물려  와서 속상한 적은 있었지만 때려서 걱정한 적은 없었다. 담임은 아이가 ADHD인 것 같다고 했고, 내가 아무리 아니라고 해도 아내는 내 말을 들으려 하지 않았다.

"나 정신과 전문의야. 내 말 못 믿어?"

나를 한참 노려보던 아내가 대답했다.

"환자를 만나서, 눈을 보고, 얘기를 들어봐야 진단이 나오는 거지. 하루에 10분도 애랑 있지 않는 당신이 뭘 알아? 그 10분도 애는 안 보고 핸드폰만 보고 있는 당신이 뭘 알아? 자는 모습만 봐도 알아? 숨 쉬는 소리만 들어도 알아? 신 내렸니? 의사 아니고 무당이었어?"

그즈음 나는 병원을 확장 이전해 정말 바빴다. 핸드폰으로는 주로 업무 관련 메일이나 메시지를 주고받았고, 그 김에 인터넷 뉴스를 조금 보긴 했지만, 맹세코 게임이나 잡담을 하지는 않았다. 어쨌든 아내의 말은 모두 사실이었으므로 나는 할 말이 없었다. 아이의 산만함과 아내의 출근에는 전혀 인과관계가 없어 보였지만, 담임은 저학년 때만이라도 엄마가 곁에 있어 주라는 처방을 내렸고, 아내는 일을 쉬기로 했다. 출근할 때보다 더 일찍 일어나 아이의 아침을 차리고, 아이를 일으켜 깨워 직접 씻기고, 먹이고, 옷을 입히고, 학교에 데려다주고, 데려오고, 집으로 미술과 피아노 선생님을 불렀다. 밤이 되면 아이 방에서 아이를 옆에 끼고 잤다. 아이만 괜찮아지면 다시 일하겠다고, 선배에게 얘기해 자리도 다 마련해 놓았다고 했다. 그리고 얼마 지나지도 않아 아이가 좀처럼 나아지는 것 같지 않다며 선배에게 취소 전화를 걸었다.

그해 마지막 날이었다. 오랜만에 고등학교 동창들과 송년회를 하고 꽤 늦게 집에 들어갔는데 아내가 식탁에 앉아 뭔가 열심히 쓰고 있었다. 가까이 가서 보니 문제집을 푸는 거였다. 알록달록 총천연색 글씨들, 귀여운 그림과 사진이 페이지의 절반을 차지하는 초등학생용 수학 문제집.

"애 숙제를 왜 당신이 하고 있어?"

"지금 방학이고, 요즘 초등학교에서는 문제집 풀어 오는 숙제 같은 거 안 내 줘, 당신은 모르겠지만."

"그럼 뭐하는 거야?"

"그냥 내가 좋아서 푸는 거야. 요즘 수학은 우리 어렸을 때 배우던 거랑 다르더라고. 완전 어렵고, 완전 재밌어. 이것 좀 봐. 이게 진짜 서울 간선버스 번호 시스템이거든? 이 표랑 지도랑 노선도를 보고 버스 번호를 맞히는 게 수학 문제야. 너무 재밌지 않아?"

솔직히 잠도 안 자고 풀 정도로 너무 재밌어 보이지는 않았지만, 귀찮기도 하고 졸립기도 해서 나는 대충 그렇다고 말하고 먼저 들어가 잤다.

주말에 분리수거를 하면서 보니 폐지함에 초등 수학 문제집이 잔뜩 있었다. 모두 아내가 푼 것들이다. 이제껏 그 많은 문제집들을 버리며 나는 아들이 공부를 열심히 하고 있는 줄로만 알았다. 아내의 귀엽고 특이한 취미 생활 정도로 넘길 수도 있는데, 나는 이상하게 거슬렸다. 아내는 수학 영재였다. 학창 시절 내내 온갖 수학경시대회를 휩쓸었고, 고등학교 3년 동안 열두 번의 중간·기말고사 모두 수학 만점이었고, 학력고사에서는 안타깝게 수학을 한 문제 틀렸다고 했다. 그런 사람이 왜 초등 수학 문제집을 그렇게 풀어 대는지 이해할 수가 없었다. 이유를 묻자 아내는 재밌어서, 라고 심드렁하게 대답했다.

"당신 수준에 그게 뭐가 재밌니? 유치하기만 하지."

"재밌어. 엄청 재밌어. 지금 내 뜻대로 되는 게 이거 하나 밖에 없거든."

아내는 여전히 초등 수학 문제집을 풀고 있고, 나는 아내가 그보다 더 재밌는 일을 했으면 좋겠다. 잘하는 일, 좋아하는 일, 그거밖에 할 게 없어서가 아니라 그게 꼭 하고 싶어서 하는 일. 김지영 씨도 그랬으면 좋겠다.


책상 위에 놓은 작은 가족사진 액자를 본다. 아이의 돌잔치 때, 알아볼 수 없을 정도로 어린 아들과 지금과 별로 다르지 않은 우리 부부의 모습. 이게 마지막 가족사진이었구나. 불쑥 죄책감 같은 게 밀려왔는데, 그때 누가 진료실 문을 두드렸다. 아직 퇴근하지 않은 사람이 또 있었던 모양이다.

상담사 이수연 선생이 조심조심 걸어 들어와 작은 선인장 화분 하나를 창가에 올려놓고는 그동안 감사했다, 죄송하다,

기회가 된다면 한 번 더 같이 일하고 싶다, 는 무난한 인사를 건넸다. 나도 아쉽다, 고맙다, 꼭 다시 우리 병원으로 돌아와 달라, 는 마음에도 없는 대답을 했다. 오늘이 이 선생의 마지막 출근날이다. 산부인과에서 누워만 있으라고 했다는데 무슨 일로 이렇게 늦게까지 병원에 남아 있었을까.

"리퍼 자료 좀 정리하느라고요."

내가 너무 의아한 얼굴을 하고 있었는지 묻지도 않았는데 이 선생이 먼저 대답했다. 이수연 선생은 1년 전, 센터장의 추천으로 함께 일하게 되었다. 최근 결혼 6년 만에 어렵게 아이를 가졌는데, 상태가 안정적이지 않다고 한다. 몇 번 유산 위기를 넘긴 이수연 선생은 '일단' 일을 그만두기로 했다. 처음에는 한두 달 쉬면 되지 굳이 이렇게까지 하나 싶어 언짢았는데, 생각해 보니 출산 때 또 자리를 비울 테고, 그 후에는 몸이 아프네 애가 아프네 하면서 번거롭게 할 수도 있으니 오히려 잘된 일이지 싶다.

물론 이 선생은 훌륭한 직원이다. 얼굴은 고상하게 예쁘면서, 옷차림은 단정하게 귀엽고, 성격도 싹싹하고, 센스도 있다. 내가 좋아하는 커피 브랜드와 메뉴, 샷 수까지 기억했다가 사오곤 했다. 직원들에게도, 환자들에게도 늘 웃는 얼굴로 인사하고 다정하게 말을 걸어 병원 분위기를 한결 밝게 만들어 주었다. 그런데 급하게 일을 그만두는 바람에 리퍼를 결정한 환자보다 상담을 종결한 환자가 더 많다. 병원 입장에서는 고객을 잃은 것이다. 아무리 괜찮은 사람이라도 육아 문제가 해결되지 않은 여직원은 여러 가지로 곤란한 법이다. 후임은 미혼으로 알아봐야겠다.

  자꾸만 김지영 씨가 진짜 어디선가 살고 있을 것 같다는 생각이 듭니다. 주변의 여자 친구들, 선후배들, 그리고 저의 모습과도 많이 닮았기 때문일 겁니다. 사실 쓰는 내내 김지영 씨가 너무 답답하고 안쓰러웠습니다. 하지만 그렇게 자랐고, 그렇게 살았고, 달리 방법이 없었다는 것도 잘 알고 있습니다. 저 역시 그랬으니까요.

  늘 신중하고 정직하게 선택하고, 그 선택에 최선을 다하는 김지영 씨에게 정당한 보상과 응원이 필요하다고 생각합니다. 더 다양한 기회와 선택지가 주어져야 한다고 생각합니다.

  저에게는 지원이보다 다섯 살 많은 딸이 있습니다. 딸은 커서 우주비행사와 과학자와 작가가 되고 싶다고 합니다. 딸이 살아갈 세상은 제가 살아온 세상보다 더 나은 곳이 되어야 하고, 될 거라 믿고, 그렇게 만들기 위해 노력하고 있습니다. 세상 모든 딸들이 더 크고, 높고, 많은 꿈을 꿀 수 있기를 바랍니다.


2016년 가을
조남주

# 우리 모두의 김지영

김고연주(여성학자)

일반적으로 소설의 주인공은 독특하다. 독특한 주인공이 얼마나 설득력 있는 삶을 사는지가 소설의 흥미를 좌우한다고 해도 과언이 아닐 것이다. 그런데 『82년생 김지영』의 주인공은 익숙하다. 특수성이 아니라 보편성을 추구하는 것이 이 소설의 특수성이다.

김지영. 흔한 이름이다. 누구나 주위에 지영이라는 이름을 지닌 이가 있었을 것이다. 실제로 1982년에 태어난 여성들의 이름 중 가장 많은 것이 김지영이란다. 82년생이니 이제 30대 중반. '82년생 김지영'이라는 제목은 이 소설의 목적을 잘 함축하고 있다. 그 목적은 물론 현재를 살고 있는 여성의 보편적인 삶을 그리는 것이다.

다양성과 개성이라는 가치를 중요하게 생각하는 시기에 여성에 대한 대표성을 지니는 캐릭터가 무슨 의미를 가질 수 있을까. 다양성과 개성의 시대에는 '나답게' 사는 것, 그래서 '나다운 것'이 무엇인지를 찾는 것이 개인의 과제가 되었다. 아니, 그런 줄 알았다. 그런데 좀처럼 '나'를 찾기가 쉽지 않다. 다른 사람들과의 차이를 통해 내가 구성되는데, '나'를 구성할 만한 차이가 별로 없기 때문이다. 물론 개인의 정체성을 구성하는 요소들은 다양하기 때문에 어떤 정체성에 보다 많은 의미를 부여하느냐에 따라 개인의 경험은 다를 수 있다. 그렇지만 다양한 정체성들 중에서도 자기 정체성의 핵심은 '성'이다. '여성'이라는 정체성에 주목하면 한국인의 절반은 상당히 유사한 경험을 하고 있다. 성에 기반한 "젠더는 사랑, 결혼, 가족 구성, 출산, 양육, 노령화를 포함한 사적인 영역부터 경제, 종교, 정치, 미디어, 학교 등 모든 공적 영역에 작동하는 강력한 '체제'"이기 때문이다.

『82년생 김지영』의 에피소드들은 무척이나 사실적이다. 어린 시절, 학창 시절, 회사 생활, 결혼 생활에 이르기까지 여성이라면 누구에게나 익숙한 경험들이다. 페이지를 넘길 때마다 앞으로 어떤 일이 벌어질지 눈앞에 그려질 정도다. 아마도 독자들은 자신의 예상이 보기 좋게 빗나가기를 바랐을지도 모르겠다. '나와는 달리 김지영은 그런 경험을 하지 않았으면······' 하고 말이다. 하지만 그녀에게 그런 행운은 따르지 않았다. 오히려 김지영마저도 우리와 비슷한 경험을 한다. 이쯤되면 내가 김지영인지, 김지영이 나인지 헷갈릴 정도다. 김지영이 '여성으로서의 삶'을 살고 있기 때문이다.＊

김지영의 삶이 여성 독자들의 삶과 이토록 닮은 이유는 무엇일까? 동시대 여성이기 때문일까? 시대의 문제라면 그나마 다행이다. 우리의 딸들은, 김지영의 딸 정지원은 다른 삶을 살수 있을 거라는 희망을 가질 수 있으니까 말이다. 하지만 헛된 희망이 아닐까. 딸 김지영의 삶은 어머니 오미숙의 삶에서 한 치도 나아지지 않았다. 어머니는 딸이 자신과 다른 삶을 살기를 염원했다. 그러나 김지영이 어머니의 삶을 반복하고 있는

＊ 김현미, 「젠더와 사회구조」, 『젠더와 사회』(동녘: 2014), 68쪽.

마당에 딸이 김지영의 삶을 반복하지 않을 수 있을까. 아니 오히려 어머니의 삶이 김지영의 삶보다 더 나은 부분들도 있는 것 같다. 적어도 어머니는 자신의 생각과 감정을 입 밖으로 말할 수 있었으니까.

어머니는 국민학교를 마치고 집안일과 농사일을 돕다 열다섯 살이 되던 해에 서울로 올라왔다. 10대였던 어머니와 이모가 먹지도, 자지도 못하면서 번 돈으로 큰외삼촌은 의사, 작은외삼촌은 경찰, 막내 외삼촌은 교사가 되었다. 하지만 어머니와 이모를 지원해 주는 가족은 없었다. 결국 어머니와 이모는 주경야독으로 중학교·고등학교 졸업장을 땄다. 이렇게 원가족을, 나아가 한국 경제를 일으킨 어머니는 결혼 후에 집안마저 일으켰다.

"죽집도 내가 하자고 했고, 아파트도 내가 샀어. 애들은 지들이 알아서 잘 큰 거고. 당신 인생 이 정도면 성공한 건 맞는데, 그거 다 당신 공 아니니까 나랑 애들한테 잘하서. 술 냄새 나니까 오늘은 거실에서 자고."

"그럼, 그럼! 절반은 당신 공이지! 받들어 모시겠습니다, 오미숙 여사님!"

"절반 좋아하네. 못해도 7대 3이거든? 내가 7, 당신이 3."

우리 어머니들 대부분이 이런 삶을 살았다. 어렸을 때는 논에서 밭에서 공장에서 일했고, 결혼 후에는 닥치는 대로 부업을 하거나 장사를 했다. 그렇게 악착같이 생계를 꾸렸고, 아이들을 키웠다. 하지만 오미숙처럼 자신의 공이라고 말하는 어머니가 얼마나 될까. 이렇게 당당한 어머니와 달리 김지영은 그렇지 못했다. 김지영의 삶을 읽어 내려가는 동안 눈에 밟히는 장면들이 반복된다. 목소리를 삼키는 모습이다.


선배는 평소와 똑같이 다정하고 차분히 물었다. 껌이 무슨 잠을 자겠어요, 라고 대답하고 싶었지만 김지영 씨는 입을 다 물어 버렸다.


영업 중인 빈 택시 잡아 돈 내고 타면서 고마워하기라도 하라는 건가. 배려라고 생각하며 아무렇지도 않게 무례를 저지르는 사람. 어디서부터 어디까지 항의를 해야 할지도 가늠이 되지 않았고, 괜한 말싸움을 하기도 싫어 김지영 씨는 그냥 눈을 감아 버렸다.


주량을 넘어섰다고, 귓갓길이 위험하다고, 이제 그만 마시겠다고 해도 여기 이렇게 남자가 많은데 뭐가 걱정이냐고 반문했다. 니들이 제일 걱정이거든. 김지영 씨는 대답을 속으로 삼키며 눈치껏 빈 컵과 냉면 그릇에 술을 쏟아 버렸다.


조금도 서운하지 않았다. 견딜 수 없는 것은 오히려 그 순간들이었다. 김지영 씨는 충분히 건강하다고, 약 같은 것은 필요 없다고, 가족 계획은 처음 보는 친척들이 아니라 남편과 둘이 하겠다고 말하고 싶었다. 하지만 아니에요, 괜찮아요, 라는 말밖에 할 수가 없었다.

그럼 너도 계속 구역질하고, 제대로 먹지도 싸지도 못하면서, 피곤하고, 졸립고, 여기저기 아픈 상태로 지내든지. 겉으로 말하지는 못했다.


김지영 씨는 나도 당당하고, 먹고 싶은 음식 다 잘 먹고 있다고, 그런 건 아이의 성별과 아무 관계가 없다고 말하고 싶었지만 왠지 열등감으로 보일 분위기라 그만두었다.


김지영은 어처구니없고 부당한 상황에서 거의 대부분 입을 닫아 버린다. 그때마다 하고 싶은 말들이 있었지만 하지 않았다. 그 이유를 짐작하기란 어렵지 않다. 김지영은 집, 학교, 거리에서 자신이 살고 있는 세상이 '여성혐오'라고 명명된다는 사실을 깨달았을 것이다. 여성혐오 사회에서 여성이 자신의 목소리를 내는 행위가, 나아가 여성이라는 존재 자체가 얼마나 숱한 위험에 처할 수 있는지를 말이다. 어머니는, 배 속의 셋째가 또 딸이라는 "재수 없는 소리"하지 말라는 아버지의 말에 울면서 낙태를 했다. 할머니는 '아무'보다 못한 존재인 손녀들이 '감히' 귀한 손자 것에 욕심을 내서는 안 된다고 가르쳤다. 초등학교 선생님은 짝꿍이 김지영을 좋아해서 괴롭히는 것이니 친하게 지내라고 했다. 바바리맨을 잡은 중학교 친구들은 학교 망신을 시켰다며 근신 처분을 받았다. 알지도 못하는 남자에게 위협을 당했을 때 아버지는 고등학생인 김지영이 자초한 거라며 혼을 냈다.

그녀가 처음부터 말하지 않는 방법을 택한 건 아니었다. 오히려 이런 경험들에도 불구하고 김지영은 말하는 존재였다. 하고 싶은 말을 하지 못하면 후에 못내 억울하고 분했기 때문이다. 임신으로 '특혜'받는다고 조롱하는 남자 동료들의 말에 화가 나 "늦게 출근할 생각이 없다"고 말했다. 그러나 그녀는 그 말을 곧 후회한다. 스스로도 너무 힘들었을 뿐 아니라 후배들의 권리까지 빼앗고 있다는 생각이 들었기 때문이다.

육아를 위해 결국 직장을 그만둔 김지영을 위로한다며 열심히 돕겠다고 하는 남편에겐 "그 놈의 돕는다 소리 좀 그만할 수 없어?"라고 화를 내기도 했다. 하지만 역시 이내 미안하다고 사과했다. 말을 해도 상황은 그대로이거나 더 나빠졌기 때문이다. 김지영은 점점 목소리를 잃어 갔다.

그래도 김지영의 주위에는 그 상황을 극복하기 위해 노력하는 여성들이 한두 명은 있었다. 교탁으로 날아간 실내화를 던진 아이가 김지영이 아니라고 말해 준 친구, 급식 먹는 순서를 바꾸자고 선생님에게 건의한 유나, 선도부 교사에게 차별적인 복장 규율을 항의한 친구, 바바리맨을 잡은 친구들, 남자에게 위협을 당하는 김지영을 도와 준 처음 본 여성, 직장 내 성희롱에 저항한 김은실 팀장…….

우리 주변의 많은 여성들이 김지영처럼 눈을 감아 버리고 입을 닫아 버린다. 하고 싶은 말을 하면 무슨 일이 생길지 예상할 수 있고 그 일은 피로와 무력으로 되돌아올 것이기 때문이다. 생각, 감정, 의견 무엇 하나 말을 하지 않고 속으로 삭이는 게 차라리 나을 정도다. 하지만 이러한 현실에서도 소수의 여성들은 목소리를 낸다. 이 여성들이라고 피로감과 무력감을 느끼지 않을 리 없다. 다만 비슷한 경험에서 비롯된 공감과 누군가로부터 받은 도움에 힘입어 자신을 위해, 그리고 다른 이들을 위해 용기를 내는 것이다.

김지영의 증상은 의학적으로 설명하기 힘들다. 하지만 '여성혐오 사회'에서 목소리를 잃어버린 김지영을 생각한다면 충분히 이해가 된다. 바로 목소리를 잃어버린 김지영을 위한 여성들의 연대 행위다. 이 여성들은 김지영을 대신해 말하고 있다.

　　"사돈어른, 외람되지만 제가 한 말씀 올릴게요. 그 집만 가족인가요? 저희도 가족이에요. 저희 집 삼 남매도 명절 아니면 다 같이 얼굴 볼 시간 없어요. 요즘 젊은 애들 사는 게 다 그렇죠. 그 댁 따님이 집에 오면, 저희 딸은 저희 집으로 보내주셔야죠."

　　"대현아, 요즘 지영이 많이 힘들거야. 저 때가 몸은 조금씩 편해지는데 마음이 많이 조급해지는 때거든. 잘한다, 고생한다, 고맙다, 자주 말해 줘."

　　며느리도 딸이라고 하면서 시집간 딸이 와도 며느리는 친정에 보내지 않는 시부모에게, 친정으로 가겠다고 말할 수 있는 며느리가 몇이나 될까? 육아는 당연히 엄마가 하는 것이고, 힘들다고 말하는 것조차 죄책감을 느끼게 하는 분위기에서 남편에게 잘한다, 고생한다, 고맙다는 말을 자주 해 달라고 요구할 수 있는 아내는 또 몇이나 될까…… 김지영이 하기 힘든 말들을 김지영의 입을 통해 말함으로써 결국 주위 사람들도 김지영의 상황과 생각과 감정을 알게 되었다. 또한 이 증상을 계기로 의사는 김지영으로부터 그녀의 생애를 세세히 들을 수 있게 된다.

그렇다면 왜 지금일까? 김지영이 사랑하는 딸을 얻은 지 1년 만에 이런 증상이 발생했다. 엄마가 된다는 것은 얼마나 축복받아야 할 일인가. 게다가 한국에서는 "모성애라는 종교"가 있는 것마냥 어머니는 아름답고 위대하다고들 칭송하지 않는가. 하지만 막상 엄마가 된 당사자인 여성들에게 출산이 축복만은 아니다. '모성애는 본능이고 닥치면 다 하게 돼 있다'고 들어왔지만, 엄마 노릇은 결코 그렇지 않다. 말로는 표현할 수 없을 정도의 공포, 피로, 당황, 놀람, 혼란, 좌절의 연속이다. 이렇게 힘들다는 것을 아무도 말해 주지 않았다는 데에 배신감이 들 정도다. '왜 아무도 말해 주지 않았을까. 몸과 마음의 준비를 했더라면 더 잘 대처할 수 있고, 덜 힘들 텐데. 엄마가 된다는 것의 실상을 알게 되면 가뜩이나 저출산 시대에 아이를 더 안 낳을까 봐? 아니면 엄마 노릇이 힘들다는 말을 입 밖에 내는 것이 불경스러워서?'라는 생각도 든다. 물론 딸, 여학생, 여자친구, 여직원, 아내, 며느리로의 삶이 녹록했던 적은 없다. 그러나 엄마라는 정체성은 단연 압도적이다. 하나의 생명을 키워야 한다는 어려움 때문이 아니다.

　엄마가 되면서 개인적 관계들이 끊어지고 사회로부터 배제돼 가정에 유폐된다. 게다가 아이를 위한 것들만 허락된다. 아이를 위해 시간·감정·에너지·돈을 써야 하고, 아이를 매개로 한 인간관계를 맺어야 한다. 엄마가 아닌 자신을 드러내면 엄마의 자격을 의심 받는다. "내 생활도, 일도, 꿈도, 내 인생, 나 자신"을 잃어버리는 것 같다. 아이를, 다음 세대를 키우는 것은 여성의 의무가 아니라 사회의 의무인데, 개별 가정에서 대부분 엄마가 '독박육아'를 하고 있는 현실에 분노가 치민다. 출산 후 독박육아 몇 개월 만에 겨우 집을 나와 1500원짜리 커피를 마시고 있으면 "맘충"이라는 소리를 듣는다. 타인에 대한 돌봄이 사라진 시대에 거의 유일하게 타인을 돌보고 있는 존재인 엄마가 남편이 힘들게 벌어온 돈으로 카페나 다니면서 자기 아이만 위하는 '이기적인 벌레'라고 손가락질 받는 것이다. 여성혐오 시대에 '모성애라는 종교'조차 침탈되는 양상이다. 모성에 대한 신성시도, 맘충이라는 혐오도 여성을 옭아맬 뿐이다. 그러니 어떻게 '나'를 온전히 지킬 수 있겠는가.

김지영은 회복될 수 있을까? 마지막 장은 불안한 여운을 남긴다. 김지영의 생애 이야기를 들은 정신과 의사는 자신이 미처 생각지 못하는 세상이 있다는 사실을 알았다고 말했다. 김지영을 만나면서, 또 자신보다 뛰어났던 아내가 결국 전업주부가 되는 모습을 보면서 '특별한 경험과 계기'가 있었기 때문에 공감할 수 있었다며 자부심마저 내비친다. 실제로 그는 수학영재였던 아내가 언젠가는 잘하고, 좋아하고, 하고 싶은 일을 할 수 있기를 바란다. 그런데 자각과 성찰은 딱 여기에서 멈춘다. 임신한 동료 상담사가 유산 위기를 여러 번 겪다가 결국 사표를 내자 "아무리 괜찮은 사람이라도 육아 문제가 해결되지 않은 여직원은 여러 가지로 곤란한 법"이라며 "후임은 미혼으로 알아봐야겠다"고 다짐한다. 대부분의 남성들에게 내 아내, 내 딸과 다른 여성들은 이렇게 분리된다. 그리고 내 아내와 내 딸은 내가 아닌 다른 남성들에게 '김치녀' 또는 '맘충'이라 불리게 될 것이다.

이런 세상에서 김지영의 회복을 바라야 할까? 김지영의 회복은 곧 김지영을 위해 대신 말해 주는 방식의 여성 연대의 중단을 의미한다. 지금의 김지영이 더 행복하고 더 자유로울 지도 모른다. 하지만 김지영의 목소리는 자신의 것이 아니다. 언제까지 다른 사람이 대신 말해 줄 수는 없는 노릇이다.

김지영은 어떻게 잃어버린 목소리를 찾을 수 있을까?

여기까지가 내가 읽은 『82년생 김지영』이 던지는 질문이다.

그리고 그 해결책을 82년생 김지영 혼자서 찾을 수 없다는 것은 명백하다. 이 책을 읽는 독자들이 함께 고민할 것이다.

우리는 모두 김지영이기 때문이다.

# 82년생 김지영

(워터프루프북) - 2

조남주 장편소설

1판 1쇄 찍음 2018년 7월 9일
1판 1쇄 펴냄 2018년 7월 16일

| | |
|---|---|
| **지은이** | 조남주 |
| **발행인** | 박근섭·박상준 |
| **펴낸곳** | (주)민음사 |
| **디자인** | 오이뮤(OIMU) |

| | |
|---|---|
| **출판등록** | 1966.5.19. 제16-490호 |
| **주소** | 서울시 강남구 도산대로1길 62(신사동) |
| | 강남출판문화센터5층(06027) |
| **대표전화** | 515-2000 |
| **팩시밀리** | 515-2007 |
| **홈페이지** | www.minumsa.com |

ISBN 978-89-374-3868-4(04810)

ISBN 978-89-374-3866-0(세트)